あやかし和菓子処かのこ庵

嘘つきは猫の始まりです

JN091853

高橋由太

角川文庫
23013

もくじ

和菓子 005
鹿の子餅 007
ケーキ 011
饅頭 039
烏羽玉 079

あこや 101
カステラ 121
草餅 163
木守 187
うさぎ 201

ayakashi wagashidokoro

kanokoan

和菓子

日本特有の菓子で中国（唐《とう》菓子）や西洋（南蛮《なんばん》菓子）の影響を受けて発達。米とアズキ餡《あん》が主材料となった甘味の強いものが多い。茶の湯との関係も深く、精巧で季節感を盛ったものが作られている。生菓子は品質の変わりやすい菓子で、練切り、求肥《ぎゅうひ》の上生菓子もあるが、〈朝なま〉と呼ばれ、当日中に食べぬと味のおちる並生菓子には、大福餅、桜餅、かしわ餅、草餅などの餅菓子類や、草だんご、鹿の子《かのこ》など大衆的な菓子が多い。またやや保存性のある半生菓子（石衣、最中《もなか》など）、保存性の高い干菓子（おこし、落雁《らくがん》など）がある。このほか蒸物（蒸饅頭《まんじゅう》、蒸羊羹《ようかん》）、棹物《さおもの》（羊羹、外郎《ういろう》、金玉糖など）、焼菓子（栗饅頭、どら焼など）、掛物（九重、五色豆など）、飴《あめ》菓子、砂糖漬などがある。

百科事典マイペディア

鹿の子餅

鹿の子餅の名は、餅の周りにつけた小豆《あずき》が、鹿の背の模様（鹿の子斑《まだら》）を思わせることにちなむ。鹿の子しぼり同様、風流な見立てだが、「鹿の子もち釈迦《しゃか》の頭のうしろ向き」（『柳多留』）では、釈迦の螺髪《らほつ》にたとえられており、川柳ならではだ。

「事典 和菓子の世界 増補改訂版」
岩波書店

杏崎《あんざき》かの子《こ》。

これが、自分の名前だ。この「かの子」という名前は、祖父の玄《げん》が付けてくれた。餅・求肥などをあんで包み、蜜煮《みつに》にした小豆粒をまぶした和菓子――『鹿の子餅』から取ったものだ。

祖父は、和菓子職人だった。店を持っていなかったので一般には知られていないけれど、職人の間では一目置かれていた。知る人ぞ知る名人だった。

まだ子どもだったかの子の目には、魔法使いみたいに映っていた。祖父の作る和菓子を食べると、誰もが笑顔になった。

どんなに泣いていても、どんなに怒っていても、まるで魔法をかけられたみたいに笑う。愛想笑いではない、心の底からの笑顔になるのだった。

「どうして、こんなにすごい和菓子を作れるの？」

そう聞いたことがある。かの子も魔法使いになりたかった。世の中に悲しんでいる人はたくさんいる。そのみんなが笑顔になる魔法を使いたかった。

「どうしてもこうしてもないさ。誰だって作れる」

返事になっていなかった。何の説明にもなっていない。でも、その言葉に惹《ひ》かれた。かの子は重ねて尋ねた。

「私にも作れる？」

「もちろんだ」

祖父は頷《うなず》き、かの子はその言葉を信じた。

「じゃあ、私もおじいちゃんみたいな和菓子職人になるね」

祖父みたいな職人になって、みんなが笑顔になる和菓子を作ること。これが、かの子の夢になった。

◯

月日は流れ、かの子は和菓子職人になった。

みんなが笑顔になる和菓子を作ろうと、必死にがんばった。夢を叶《かな》えようと、がんばった。

だけど、辿《たど》り着いた場所は袋小路《こうじ》だった。

ケーキ

洋菓子の一種。デコレーションケーキ、フルーツケーキ、スポンジケーキなど、おもに小麦粉を使用してカステラをベースにしたものをいう。古代エジプト時代からつくられており、砂糖が使用される以前には、果物と混ぜたり、蜂蜜《はちみつ》の甘味を利用したりして食された。

ブリタニカ国際大百科事典

和菓子職人になって五年目のことだ。かの子は、二十二歳になっていた。全財産の入ったスポーツバッグを持って、独りぼっちでひとけのない夜道を歩いている。

まるで家出娘みたいだけど、家出してきたわけではない。状況は、もっと悪い。かの子には帰る場所がなかった。ついさっき、仕事と住居を同時に失った。住み込みで働いていた職場をクビになったのだった。

そして今、東京都中央《ちゅうおう》区日本橋《にほんばし》を歩いている。その名前の通り、東京都の中心で日本有数のオフィス街がある地区だが、今歩いているのはその外れだ。夜遅くまで開いている飲食店もなく、この時間は閑散としている。最近、治安が悪くなったらしく、ひったくりなど物騒な事件も起こっていた。

「女が一人で夜道を歩くんじゃねえ!」

祖父だったら、そんなふうに叱っただろう。

「分かってるよ……」

呟《つぶや》きが漏れた。息が真っ白だ。空気が冷たかった。もう十二月も中旬をすぎているのだ。いくら最近の冬は暖かいと言っても、真夜中は寒い。そこそこ薄着だということもある。

このとき、かの子はえび茶の作務衣《さむえ》を着て、その上に白のダウンジャケットを羽織った格好をしていた。着ているのは、それだけだ。上半身はともかく、足のほうが寒かった。部屋着のまま、出てきてしまったのだ。

専門学校を出た後、日本橋にある『竹本《たけもと》和菓子店』に職人として就職した。祖父のような和菓子職人になろうと修業していたけれど、その生活は終わってしまった。

たくさんの人たちを笑顔にしたくて和菓子職人になったのだが、かの子自身の顔に笑みはない。

もはや、かの子は、和菓子職人でさえなくなってしまったのだ。

◯

二時間くらい前のことである。勤めている竹本和菓子店の営業時間が終わり、シャッターを降ろした後、店主の竹本新《あらた》がいきなり言った。

「店を辞めてもらいます」

かの子は、戸惑った。この場合、戸惑わないほうが、どうかしているだろう。

「ええと……。それは……」

「解雇の告知です」

にこりともせずに言ったのだった。新は、今年三十歳になる。日本橋に店を構える和菓子店の主人としては、かなり若いほうだろう。

細面で顔立ちは整っていて、金縁眼鏡をかけている。和菓子職人といった風貌《ふうぼう》ではなく、テレビドラマに出てくる切れ者の若手銀行員を彷彿《ほうふつ》とさせる容貌《ようぼう》だ。性格も見た目通りで、よく言えば合理的、悪く言えば冷たい〝冷血眼鏡〟だ。口うるさいタイプでもあった。

かの子は嫌われているらしく、他の従業員よりも叱られる回数が多かった。ほとんど毎日のように小言を言われていた。当たりもきつかった。

「新さんって、かの子のことが好きなんじゃないの？　男の子って、好きな女の子にちょっかい出すって言うじゃない。いいところを見せようとして張り切っている的な」

そんな感じで同僚にからかわれたことがあったけれど、それでは小学生だ。三十歳にもなって、あり得ないだろう。

かの子は、内気だ。殻に閉じこもるようにして生きている。嫌なことを言われても、言い返すことは滅多になく、聞かなかった振りをして受け流す癖がついていた。

でも、今回は別だ。いくらなんでも聞き流せない。祖父みたいな和菓子職人になる夢は譲りたくなかった。自分はまだ、みんなを笑顔にする和菓子を作ることができない。この店で修業していたかった。

「理由を伺ってもいいでしょうか？」

「もちろんです」

新は頷いた。問われることを予想していたようだ。指を折るようにして、一つ目の理由を口にした。

「まず、業績不振です」

日本橋は、和菓子の激戦区だ。どらやきで有名な『うさぎや』、カステラの『文明堂』、羊羹《ようかん》の『とらや』など名店が軒を連ねている。和菓子好きにとっては「聖地」とも言える場所だ。

店を維持することさえ難しい土地で、竹本和菓子店は三十年間も暖簾《のれん》を守っていた。評判もよく、ガイドブックなどにも頻繁に紹介されている。だが、それは新の功績ではない。彼の父親――竹本和三郎《わさぶろう》のおかげだった。

和三郎は、かの子の祖父の弟弟子で、若いころから「名人」と呼ばれている男だった。知る人ぞ知る存在だった祖父と違い、雑誌やテレビで取り上げられることも多く、いわば有名人だ。

竹本和三郎に和菓子作りを教わりたくて、かの子はこの店に入った。祖父のすすめもあったが、弟弟子に教わることで祖父の味に近づける。みんなを笑顔にする和菓子を作れるようになると思ったのだ。

しかし、教わることはできなかった。かの子が働き始めるのと入れ替わるように、竹本和三郎が隠居してしまったのだった。息子の新に店を譲り、自分は顔も出さない。どうやら病気らしい。東京を離れて秩父《ちちぶ》の田舎で静養しているという。

和三郎の隠居にダメージを受けたのは、かの子だけではなかった。竹本和菓子店も、また大変なことになっていた。

どんな名店でも代替わりは苦労する。ましてや竹本和三郎は、日本を代表する職人だ。いなくなった影響は大きかった。日に日に客が減り、売上げが半分近くも減ってしまった。潰《つぶ》れる寸前とまでは言わないまでも、かなり厳しい状況だ。

ケーキやクッキーなどの洋菓子を店頭に並べたりと、新なりに工夫をしているようだが、今のところ効果は出ていない。それどころか、その工夫は昔からの常連客の受けが悪かった。彼らは、竹本和三郎の和菓子——いわゆる正統派の和菓子を求めているのだから、当然なのかもしれない。

売上げが減って下っ端が切られるのは、どこの業種でもあることだろうが、さすがにいきなりすぎるし、他の従業員がクビになったという話は聞かない。アルバイトも普通に勤務している。かの子だけが解雇されるようだ。

「二つ目は、あなたの勤務成績です」

「勤務成績?」

「ええ。クリスマスケーキを一つも売っていませんよね。しかも、売ろうとさえしていない」

「それは……」

否定できなかった。

「クリスマスケーキの予約を取ってください、とお願いしたはずです」

確かに、言われた。アルバイトを含めた全員が、その指令を受けていた。職人と言っても、和菓子を作っていればいいというものではない。店に出て接客をするのも大切な仕事だ。

　竹本和菓子店では、クリスマスケーキを扱っている。先代の竹本和三郎が始めたことだ。ただし、洋菓子ではなかった。練り切りや餅《もち》などで作る『和菓子ケーキ』であった。

竹本和菓子店ならではの品で卵や乳製品、小麦粉を使わずに作るため、アレルギーのある人でも安心して食べることができる。

　メディアで取り上げられたことも多く、竹本和菓子店の看板商品と言ってもいいだろう。だが、誰もが作れるものではなかった。高い技術とセンスが必要だ。

「今の私では、売り物になる和菓子ケーキは作れません」

　これは、新の言葉だ。納得できるレベルのものを作れなかったのだ。新は和菓子ケーキをお品書きから引っ込めて、一般的な洋菓子のクリスマスケーキを店頭に並べることにした。

「クリスマスケーキを売る必要性は分かりますね？」

「……はい」

　新の問いに、かの子は頷《うなず》いた。クリスマスは一大イベントだ。単価の高いケーキが売れれば、売上げは増える。また、話題にもなりやすい。

　でも、かの子は常連客にクリスマスケーキを勧めなかった。和菓子を買いにきた年配の常連客に、生クリームをたっぷり使った洋菓子のケーキを売ることに躊躇《ためら》いがあったのだ。

そして何よりも、客が洋菓子のケーキを望んでいないと分かったからだ。新の作ったケーキを「あら、素敵ね」と褒めた常連客もいたが、かの子には、その言葉が嘘だと分かった。はっきりと聞こえるのだ。

そのことは、誰にも言ったことがない。嘘が分かることは内緒だ。もちろん、新にも言っていない。死んでしまった両親、それから祖父だけが知っていた。


いつか、分かってくれる人が現れるから。

それまで誰にも言わないほうがいいと思うの。


母の言葉だ。幼いころから、何度も言われている。かの子は、それを守っていた。だから、このときも、ケーキを売らなかった説明をしなかった。

新は、かの子を解雇する理由の発表を続ける。

「三つ目は、あなたの作る和菓子です」

「……駄目ですか？」

おずおずと聞いてみた。銀行員みたいな見た目だが、新は決して下手な職人ではない。少なくとも、かの子より腕は上だ。その新の意見を聞きたかった。

「あくまでも私の感想ですが、筋はいいと思います。専門学校を出てわずか数年で、あれだけの和菓子を作るのは立派なものです」

猫語になっていない。経験不足を指摘しつつ、かの子の腕を認めてくれている。うれしかった。

だが、よろこんだのも束の間、新が切り捨てるように言った。

「ただし、竹本和菓子店の味とは違うものです」

どきりとした。見抜かれていた。かの子が目指しているのは、祖父の味だった。この店の味とは、やっぱりどこか違うということだろう。

図星を指されて言葉を失っていると、新が話を終わらせた。

「以上の理由により、杏崎かの子さんとの労働契約を解除させていただきます」

労働基準法によると、労働者を解雇する場合、三十日以上前に予告するか、三十日分以上の平均賃金を支払わなければならない。適当にクビにしてトラブルになる例もあるようだが、新はきっちりとしていた。

「規定の給料と退職金を振り込みます。今までと同じ口座でよろしいですね」

失業手当をもらうための離職票なども用意してあった。かの子の退職は、完全に決まったことのようだ。抵抗しても覆りそうにない。

失業していろいろ困ることはあるが、最大の問題は住居だ。住み込みの職人として雇用されていたので、同時に寝起きする場所もなくなってしまった。祖父と暮らしていた賃貸マンションは解約済みだ。

そのことは、新も知っていた。

「すぐに出ていく必要はありません。特に、今日はもう遅いですから」

と、言ってくれたが、同情されたくないという気持ちがあった。解雇されたのに、店にいるのはおかしいとも思った。新や他の従業員と顔を合わせるのも気まずい。かの子にだって意地がある。

新が咳払《せきばら》いをして、何やら言い出した。

「それでですね。今後の就職先として――」

クビを告げた舌の根の乾かぬうちに、新しい仕事を斡旋《あっせん》するつもりなのか？　自分で無職にしておいて、アルバイト先でも紹介するつもりなのか？　どこまでも馬鹿にしている。

「心配していただかなくても結構ですニャ。行くあてくらいありますニャ。お気遣いは無用ですニャ」

……やってしまった。

語尾が「ニャ」――猫語になってしまった。言い間違えたわけでも嚙《か》んだわけでもない。実のところ、実際に「ニャ」と言ったわけでもなかった。新の耳には届いていないだろう。

かの子には、不思議な力があった。嘘が猫語に聞こえる。語尾が「ニャ」と聞こえる。

なぜか、そう聞こえるのだ。ちなみに、たった今、嘘をついたのは自分自身だ。自分の嘘を見抜いたのだ。

行くあてなんて、どこにもなかった。見栄《みえ》を張った。嘘をついた。客が洋菓子のケーキを望んでいないと分かったのも、この能力のおかげだ。

嘘が猫語として聞こえる理由は分からない。子どものころから聞こえたし、祖父や父もそうだったというから血筋なのかもしれない。

実は、杏崎家には、怪しげな伝承があった。かなり嘘くさい伝承だ。

◯

古い家柄と言えるのは、文書などで記録が残っているからだろう。今となっては昔のことだが、新しい家より古い家がよいとされていた時代がある。

かの子が生まれた杏崎家も、記録が残っているという意味では「名家」と言えなくもない。代々の菓子職人だったようだ。

そこまではいい。先祖代々の家業があったというだけだ。そんな家はいくらでもあるだろう。菓子職人は、怪しげな職業ではない。

怪しげなのは、江戸《えど》時代や明治時代に「菓子を献上していた」と書かれており、しかも、献上した相手は陰陽師《おんみょうじ》で、和菓子と引き替えに不思議な力を賜ったということだ。

嘘が猫語に聞こえるのも、その力の一つのようだ。

ただそれは私文書――つまり、個人が記した家の記録だ。言ってみれば日記のようなものであり、どこまで信憑性《しんぴょうせい》があるかは定かではなかった。

だいたい猫語という時点で、何だかよく分からない。性格の悪い陰陽師にからかわれたようにも思えるが、嘘が分かるのは事実である。

どうして、そうなるのか。

どんな理屈で嘘が猫語になるのか。

陰陽師は何のつもりで、こんな面倒な能力を与えたのか。

暮らしに余裕があれば調べてみようと思ったかもしれないが、それどころではなかった。かの子が小学生のとき、両親が交通事故にあって他界し、祖父と二人で東京の片隅で暮らし始めた。

高齢のためもあって、祖父は身体の調子が悪かった。かの子が中学校に入るころには、働くことができないほど重い病気になってしまった。以後は、それまでの貯金や両親の残してくれたお金で暮らしていた。貧しいと思ったことはなかったけれど、裕福でなかったのは間違いない。頼れる親戚《しんせき》もいなかった。

大人になった今でも裕福ではないし、頼れる親戚はいない。付け加えると、かの子には友達もいなかった。嘘を聞き分ける能力のせいだ。

子どもだったかの子は、友達の嘘を何度も指摘してしまった。

「それ、嘘だよね」

「そんな嘘、つかなくても平気だよ」

悪気があったわけじゃない。自分に気を遣わなくていい、という意味で言ったつもりだった。

だけど指摘するたび、友達は減った。かの子を敬遠するようになった。今なら、言うべきじゃなかったと分かるが、子どものころは分からなかった。

気づいたときには、友達がいなくなっていた。かの子は自分の殻に閉じこもり、笑みを顔に貼り付けるようにして生きている。友達ができないことを諦《あきら》めてもいた。もちろん、恋人もできない。

「今日は、ビジネスホテルに泊まるか」

大人になったかの子は声に出して呟《つぶや》き、あてもないのに、誰もいない日本橋の外れの夜道をさまようように歩いた。もう竹本和菓子店には帰れない。

「まだ、話が――」

と、しつこく言い続ける新を振り切って出てきたのだった。

夜は嫌いだ。

暗い夜は、〝すべての終わり〟を連想させる。だからだろう。歩きながら祖父が死んだときのことを思い出した。

両親に代わって自分を育ててくれた祖父は、もう、この世にいなかった。

○

かの子が、製菓の専門学校に通っていたときの話だ。祖父は、日本橋にある大きな病院に入院していた。お見舞いに行くと、ベッドに横たわったまま、かの子に言ってきた。

「修業するなら和三郎の店だ。間違いねえ。日本橋にあるってのもいい」

江戸前の職人らしく言葉遣いは乱暴だったが、声に力がなかった。祖父は、もうベッドから身体を起こすこともできない。つい一ヶ月前まで病院を抜け出して、医者や看護師に叱られていたのが嘘のようだ。

病室も緩和ケア病棟に移っていた。治療ではなく、痛みや苦しみを和らげる処置を受けている。治すことはできない、あと一月も保《も》たないだろうと医者に言われていた。祖父も、自分の命が長くないことを知っている。

それなのに、かの子のことばかり心配している。入院してからも、ずっとかの子のことを気にしていた。

そんな祖父に憧《あこが》れて和菓子職人になろうと決めたのだ。大好きな祖父に、自分の作った和菓子を食べて欲しかった。早く一人前になって、祖父に褒められたかった。

でも、その願いは叶《かな》いそうにない。祖父はもう、何も食べられなくなっていた。点滴で生きながらえている。あんなに好きだった和菓子を食べることもできない。

「おじいちゃん、死なないで」

かの子は、泣きながら頼んだ。これ以上、大切な人を失いたくない。その思いがあふれ出た。

「お願いだから死なないで！　私、独りぼっちになっちゃうよ！」

病院では静かにしなければならないのに、大声を出してしまった。ただ、緩和ケア病棟は一般病棟とは違う。よほどの真似をしないかぎり咎《とが》められることはない。このときも、医者や看護師は注意に来なかった。

泣きじゃくっていると、祖父の声が耳に届いた。

「おれがいなくなっても大丈夫だ。おまえは幸せになれる。かの子は独りぼっちにはならない」

それが、最後に聞いた言葉になった。祖父の遺言だ。

その直後、昏睡《こんすい》状態になり、かの子の就職が決まった数日後、眠るように死んでしまった。

かの子を置いて、両親のいる世界に行ってしまった。

◯

祖父が死んで独りぼっちになった。

頼れる人は、もう誰もいない。

その上、仕事と住居を同時に失ったかの子は、東京都江東区《こうとう》――「深川《ふかがわ》」と呼ばれる一角にやって来た。日本橋と深川は、隅田川《すみだがわ》を隔てて隣接している。永代橋《えいたいばし》を渡れば、そこは深川だ。

寺社の町としても知られており、深川不動堂や富岡八幡宮《とみおかはちまんぐう》など世界的に有名な観光スポットもたくさんある。海外から訪れる者も多く、門前仲町《もんぜんなかちょう》では観光客を見ない日がなかった。

その一方で、下町情緒あふれる庶民の町でもあった。昔ながらの商店街があり、永代通りを中心に約百三十店舗が軒を連ねている。土地の人々は親しみやすく、お高くとまったイメージもない。日本橋より手ごろな宿があるような気がして、深川にやって来たのだ。

ただ、具体的な心当たりがあったわけではない。ビジネスホテルに泊まると決めたのはいいが、かの子は世間知らずだ。修学旅行などの学校行事以外で外泊をしたことがなかった。どうすれば泊まれるかすら、ろくに知らなかった。

見習いの和菓子職人の給料は安く、無理をして買うほどの興味もなかったので、スマホやタブレットを持っていない。だから、泊まることのできそうなホテルを調べることもできなかった。

行く当てもなく夜の町をさまよっていると、どうしようもなく心細い気持ちになる。

救いを求めるように、いつもの癖で猫の姿をさがした。

でも猫はいなかった。

「そんなに都合よくいかないか」

普通の猫をさがしていたわけではないのだ。いや、普通の猫さえ、どこにもいない。何もいなかった。

「これから、どうしよう……」

ため息混じりに呟き、がっくりと肩を落とした。そのときのことだった。背後からバイクのエンジン音が聞こえた。こっちに向かってきている。

夜中だろうとバイクは走っている。暴走族のように喧《やかま》しい音を立てているわけでもないので、気に留めず振り向きもしなかった。

だが、その判断は間違っていた。物騒な世の中なのだから、もっと用心すべきだった。若い男の声が、それを教えてくれた。

〝ぼんやりするな〟

どこからともなく聞こえてきた。注意を促すような口調だった。

声の主をさがそうとしたが、その余裕はなかった。バイクがすぐ近くにいた。そして、かの子を追い抜かす瞬間、ライダーが手を伸ばし、スポーツバッグを奪い取っていった。

「……ひったくり？」

驚きすぎて、周囲に誰もいないのに質問するように呟いてしまった。奪われたスポーツバッグには、かの子の全財産——財布やキャッシュカード、さらには、印鑑や保険証、マイナンバーカードが入っている。

「ど、泥棒っ？」

大声をあげて、バイクを追いかけた。だが到底追いつけるはずもなく、しかも、かの子は運動が苦手だった。何歩もいかないうちに足がもつれて、アスファルトに転んでしまった。

バイクは遠ざかっていく。もう駄目だ。追いつけない。全身から力が抜けて、へたり込んだ。立ち上がる気力はない。仕事と住居を失った上に、全財産をひったくられてしまった。

「もう嫌……」

泣きべそをかきながら呟いたときだ。

ふたたび、男の声が聞こえた。

〝諦めるな——行け〟

最後の言葉は、誰かに命じたようだ。すると、返事をするように犬が鳴いた。

「わんっ！」

「わんっ！」

次の瞬間、どこからともなく二匹の大きな犬――もふもふとした毛並みの白犬と黒犬が現れ、かの子の脇を走り抜けていった。まるで疾風のようだった。バイクの何倍も速い。

わずか数秒後、前方でバイクが転倒した。白犬と黒犬が飛びかかって倒したのだった。座り込んでいるかの子の目にも、はっきりと見えた。

「どうして犬が……」

意味のない呟《つぶや》きだった。現実のこととは思えず、何秒間か呆然《ぼうぜん》としていたが、すぐに正気に返った。荷物を取り戻さなければならないことを思い出したのだ。

「私の全財産……」

かの子は立ち上がり、よろよろと歩き出した。実のところ怖かった。何しろ、バイクを倒すほどの大型犬である。かの子を助けてくれたように思えるが、油断はできない。襲われたら命にかかわるだろう。ライダーは生きているのだろうか？

しかし、用心しながら近づいてみると、白犬と黒犬は消えていた。さっきまでいたはずなのに、どこにもいない。その代わり、二十五歳くらいの男が立っていた。

うわぁ、と声が出そうになったのは、とんでもない二枚目だったからだ。竹本和菓子店に、芸能人やモデルの客が来たことがあったが、目の前の男は、彼らよりも顔立ちが整っていた。切れ長の目に薄い唇。綺麗《きれい》としか表現のしようのない鼻筋。西洋人形のような顔をしていた。

服装も垢抜《あかぬ》けていた。和装だ。銀鼠《ぎんねず》というのだろうか。上品な灰色の着物を着ている。髪型も少女漫画に登場する王子さまのようだった。絹のように滑らかな髪を長く伸ばし、組紐《くみひも》で結んでいる。髪や眼球が青みがかって見えたが、それは夜の闇のせいかもしれない。

女性的とも言える容姿だが、か弱い印象はなかった。凛《りん》としていて、しかも無表情だ。近寄りがたい雰囲気を放っている。

言葉をかけるべきか分からず黙っていると、男のほうから話しかけてきた。

「杏崎かの子だな。一緒に来てもらおうか」

時間が止まったような気がした。

少なくとも、かの子の時間は止まった。呼吸をするのを忘れ、心臓も止まりそうになっていた。

見知らぬ男が、かの子のフルネームを言った。「一緒に来てもらう」と言った。ナンパでも怖いところだが、目の前の男にそんな軽い雰囲気は微塵《みじん》もなかった。

目つきは鋭く、一般人とは思えない迫力がある。高そうな着物が、やたら似合っているのも気になった。若いくせに貫禄《かんろく》がありすぎる。さっきから、まったく表情を変えないのも怖い。

真っ先に思い浮かんだのは、反社会的勢力、つまり暴力団関係者や半グレと呼ばれる人たちだ。その世界のことは詳しくないけれど、深川や日本橋にもいるだろう。だとすると、大ピンチである。怖い人が、かの子を連れていこうとしているということだ。

ふたたび猫をさがした。

祈るような気持ちで、猫をさがした。

しかし、やっぱり、どこにもいない。かの子を助けてくれそうなものは、見える範囲にいなかった。

諦《あきら》め切れずにさがし続けていると、男が聞いてきた。

「何をキョロキョロしている？　さがしものか？」

相変わらず無表情な上に、静かな声だった。かの子はその声を聞いて、今さら、ふと気づいた。

〝ぼんやりするな〟

〝諦めるな——行け〟

さっき聞こえた声は、たぶん目の前の男のものだ。怖い人が因縁をつけてきたのではなかった。それどころか助けてくれたのだ。

バイクを倒したのは、この男の飼い犬なのだろうか？　命じる声は聞いた。仮にそうだとしても、白犬と黒犬はどこに行ったのか？　あんな大きな犬たちが、煙のように消えてしまったのは不思議すぎる。

疑問が、頭に浮かんだ。でも、それらを口にする前に、男が言葉を発した。

「かの子」

突然、下の名前で呼ばれた。不意打ちなのに、この男とは初対面のはずなのに、声を聞いたおぼえがあった。懐かしいような空気を感じた。

このイケメンと会ったことがあったのか？

いや、こんな二枚目の知り合いはいない。妄想だ。きっと子どものころに読んだり見たりした少女漫画やアニメの記憶と混同しているのだろう。

「どうかしたのか？」

「い……いえ」

かの子は首を横に振った。まさか少女漫画のヒーローに似ているなんて言えない。彼は追及することなく、問いを重ねた。

「こいつはどうする？」

「こいつ？」

鸚鵡《おうむ》返しに聞くと、男は視線を動かしながら答えた。

「そこに転がっている男だ」

かの子からスポーツバッグをひったくった輩《やから》が、バイクと一緒にアスファルトに倒れていた。フルフェイスのヘルメットをかぶっているので顔は見えないが、身体つきは男のものだった。

だが、ぴくりとも動かない。その様子はあまりにも不吉だった。

「……死んでるんですか？」

「残念ながら、まだ生きている。たいした怪我もしていない。身の程知らずの不届き者が、のんきに気を失っているだけだ」

節々に気になる語句があったけれど、嘘はついていない。男の言葉は、猫語になっていなかった。ひったくりは、生きているようだ。

かの子は、ほっとした。泥棒がどうなろうとよさそうなものだが、殺人事件に巻き込まれたくはなかった。死体を見るはめにならなくてよかった。本当によかった。

そんなふうに胸を撫《な》で下ろしていると、男がさっきの質問を繰り返した。

「で、どうする？」

ふたたび不吉な予感に襲われる。

「……どうすると申しますと？」

「こいつの始末だ。隅田川に沈めておくか？」

淀《よど》みない口調で聞かれて、「はい」と返事をしそうになったが、ここで頷《うなず》いたら殺人事件の当事者になってしまう。

「やめてくださいっ！」

「やめる？　つまり許してやるのか？」

そう問われた。許すか、隅田川に沈めるかの二択なのか。

「私はバッグが戻ってくればいいので、放っておいてあげてください」

懇願する口調になった。これ以上のトラブルに巻き込まれたくなかった。

「それでいいのなら、そうしよう。かの子に怪我がなくて幸いだった」

無表情で淡々とした口調なのに、ほっとしたように聞こえたのは、かの子の気のせいだろうか。首を傾げていると、男の手が動いた。

「本当によかった」

独り言のように呟き、なんと、かの子の頭に手を乗せたのだった。

「……っ？」

びっくりしたが、その手を払いのけなかった。驚いたけれど、不思議と嫌ではなくて、どこか心地いい。今日の自分はおかしい。初めて会った男に触れられて、頬を赤く染めている。

顔を熱くするかの子に気づいたらしく、男が手を引っ込めた。はっとしたような仕草だった。

「すまない。人と接することに慣れていないんだ」

「いえ……」

どう返事をすればいいのか分からないので、曖昧《あいまい》に頷いた。かの子は、男と接しているうちに、子どものころに会ったことのある少年を思い出していた。

季節外れの雪のような淡い記憶だった。今となっては、本当にあったことなのかも分からない。その男の子と、どこで会ったのかも忘れてしまった。だけど、少年のやさしい笑顔はおぼえていた。

それは、かの子の初恋だったのかもしれない。翼の折れた鳥のように、どこにも行けなかった遠い昔の出来事だ。

目の前の男は、あの少年とは違う。こんなに背は高くなかったし、頭を撫でられた記憶もない。

それなのに、どうして——。

どうして、思い出したんだろう。

◯

「行くとするか」

和装の男はそう呟《つぶや》いて、かの子のスポーツバッグを拾い上げた。

「こっちだ」

道を教えるように言ってから、歩き始めた。一緒に来いということだろうが、さすがに従えない。初恋の少年の思い出を頭の隅に追いやった。

呼びかけると、男は足を止めた。

「何だ？」

「バッグを返してください」

「気にするな。おれが持っていってやる」

「持っていくって……。ど、どこにですか？」

「杏崎かの子に話がある。一緒に来い」

「お断りします！」

大声を出してしまった。数秒の沈黙の後、男が問い返してきた。

「どうして断る？」

「だって、あなたのことを知りませんから」

他にも断る理由はあるような気がするが、何はともあれ、知らない人について行ってはならないのは常識だろう。

「知らない？……そうか。まあ、そうだろうな」

男は呟くように言ってから、透き通った声で続けた。

「さく」

そう聞こえた。しかし、それが何なのか分からない。さっきから分からないことだらけだ。

「待ってください！」

「おれの名前だ。新月の〝朔《さく》〟。御堂《みどう》朔」

自己紹介をしたようだ。猫語になっていないので本名だ。そして、たった今、気づいたことだが、この男はさっきから一度も嘘をついていない。無表情――静かな表情のまま、本当のことを言い続けている。

「御堂朔……さん？」

「そうだ」

朔は頷き、かの子に言った。

「これで知り合いだ。一緒に来てくれ」

その理屈はおかしい。名前を言えば、それで知り合いになるというものではなかろう。しかも、冗談やふざけているのではなく、本気でそう思っているようだ。見た目は王子さまだが、いろいろな意味で危ない人なのかもしれない。

「こ、困ります」

「困らせるつもりはない」

すでに困っているのに、男はそんなことを言った。

「さっきも言ったが、杏崎かの子に話がある。大切な話だ」

無表情なのは相変わらずだけど、やさしい声だった。見つめられて根負けしそうになった。

だからと言って、一緒に行くのは躊躇《ためら》いがあった。大切な話というのも気になる。

「ここで話してください。何の話なのか教えてください」

「分かった」

男は呆気《あっけ》ないほど簡単に頷き、とんでもないことを言い出した。

「杏崎玄に金を貸した。その話だ」

人生の袋小路《こうじ》にいたのは、美形の借金取りだった。そして、この瞬間から、かの子の人生は変わった。

饅頭

室町《むろまち》後期の成立といわれる『七十一番職人歌合』には、十八番に饅頭売りの絵があり、五十七番のてうさい（調菜）人のところに「さたうまんぢう　さいまんぢう　いづれもよくむして候」とあって、当時は砂糖入りの饅頭と野菜入りの饅頭が作られて売られていた。

「図説　江戸料理事典　新装版」
柏書房

朔と二人きりで隅田川沿いの道を歩いて、清澄白河《きよすみしらかわ》駅の裏手を通りすぎた。そういう道をわざと選んでいるのか、どこまで歩いてもひとけがなかった。朔は何もしゃべらず、やがて細い路地に入っていった。かの子も口を利かなかった。朔の後を追うように歩きつづけた。

先にも述べたように、深川は寺社の町だ。開発が進み、真新しいビルが建ち並んでいるが、今なお江戸情緒が残っていて、たくさんの寺社がある。

観光客が訪れる大きな寺社がある反面、見落としてしまいそうな小さな寺や神社も多い。朔が近づいたのは、そんな小さな神社の一つだった。

こぢんまりとした鳥居があって、狛犬《こまいぬ》が見えた。鎮守の森というのか、木々が茂っている。それに視線を向けて朔は言った。

「ここだ」

「ここって……」

かの子は戸惑う。この男――朔と会ってから、ずっと戸惑っている気がするけど、それにも増して面食らった。

祖父に借金があると言われて、結局、朔についてきた。だが到着した場所は、ひとけのない深夜の神社であった。こんなところで借金の話をするのか？

かの子の視線を見て、朔が小さく首を横に振った。

「そっちじゃない」

「え？」

「神社の奥に店がある」

「奥？」

聞き返しながら目を凝らすと、境内の木々に隠れるようにして小さな建物の影があった。ただ、はっきりとは見えない。夜闇《やあん》のせいなのか、もしくは霧が出ているのか。神社の向こう側の風景が、蜃気楼《しんきろう》のようにぼやけて見えた。

「もうすぐだ。疲れてないか？」

「は……はい」

急にやさしい言葉をかけられて、ドギマギしながら頷《うなず》いた。

「では、行こう」

朔は言い、ふたたび歩き始めた。躊躇うことなく神社の敷地に入り、境内をさっさと進んでいく。夜中ということもあってか、神社はしんと静まりかえっている。

逃げるのなら、これが最後のチャンスかもしれない。朔は、こっちを見ていない。スポーツバッグを返してもらっていないが、それは警察に任せればいい。

そうだ。そうしよう。逃げよう。初めて会った男についていくなんて、自分はどうかしていた。頭に置かれた手の感触はやさしかったけど、そんなに悪い男には見えないけど、やっぱり危険だ。

気づかれないように、踵《きびす》を返そうとした。しかし、そのとき、目に飛び込んできたものがあった。

猫だ。猫がいた。

黒猫が前方の建物のそばから、こっちを見ていた。たぶん、ただの猫ではない。物言いたげな顔をしていたけど、すぐに顔を引っ込めてしまった。でも、どこかへ移動した様子はない。きっと、あそこにいる。

猫がいれば大丈夫だ、とかの子は思った。

ある意味では正しかったが、ある意味では間違っていた。言うほど大丈夫ではなかったのだ。

○

神社の境内には、白い玉砂利が敷いてあった。空には満月が浮かんでいて、その光を受けて真珠のように輝いている。

朔の後ろを歩くようにして境内を進んでいるうちに、ふと既視感をおぼえた。この神社を知っている。玉砂利を踏む感触を記憶していた。

深川には、子どものころから何度も来ている。祖父が通い、そして、最後に入院していた病院も、ここから歩いていける距離にあった。

昔から神社が好きだった。大人になった今でも、神社を見つけるたびに手を合わせる。ここを訪れていても不思議はない。

だけど、いつ来たのかは思い出せなかった。たくさんの神社を訪れているせいで記憶が入り混じっている。他の神社と勘違いしている可能性もあった。白玉砂利を敷いている神社は珍しくない。

そんなことを考えていたせいだろう。考えごとをするときの癖で、うつむいていたのかもしれない。辿《たど》り着いたことに気づかなかった。

「この店だ」

朔に言われて、はっと顔を上げた。目の前に、一階建ての木造建築があった。

「わあ……」

ため息にも似た声が出た。建物の佇《たたず》まいが風流だったからだ。

入り口の前に、江戸時代の茶屋を思わせる長方形の腰掛け――木製の縁台が置かれ、鮮やかな色の緋《ひ》毛氈《もうせん》が敷いてある。さらに、夜だというのに、朱色の野点《のだて》傘が立っていた。ちなみに野点傘とは、野外で茶を点《た》てるときに用いられる傘のことだ。最近では珍しい。なかなか見られるものではない。

「月を見ながら茶を飲むためだ」

朔が教えてくれた。ここは、この男の所有する建物なのだろうか？　疑問がまた増えた。かの子は、朔のことを何も知らない。借金が本当だったとしても、どんな経緯で借りることになったのかも分からないままだ。

「あの――」

とにかく話を進めようと思ったときだ。目の前の建物に暖簾《のれん》がかかっていることに気づいた。紺色の生地に、文字が白く抜かれている。

その文言が問題だった。

かのこ庵《あん》

私の名前？

いや、そう思うのは自意識過剰というものだろう。「かのこ」という名前は珍しいものではないし、人名以外にも、鹿《か》の子《こ》絞り、鹿の子斑《まだら》、鹿の子編など、鹿の子どもにちなんだ言葉が存在している。

だけど、質問せずにはいられなかった。聞かずにはいられなかった。

「ここは――」

「そうだ」

朔の返事は早かった。かの子の話を最後まで聞かずに頷いた。これでは、何について肯定したのか分からない。しかも、それ以上の説明をせずに、目の前の建物――かのこ庵の戸を引いた。

「中に入ってくれ」

かの子を促したのだった。

○

客が五人も入れば、いっぱいになりそうな小さな店だった。昔ながらの木のぬくもりを感じる内装だ。店内にも、外にあったのと同じ縁台と緋毛氈が置いてある。また、大きな窓があって、神社の境内がよく見えた。

万事に鈍いと評判のかの子だが、さすがに何の店か分かった。商品が置かれていなくても、雰囲気で分かる。

「ここ、和菓子屋さんですよね」

「そうだ」

ふたたび頷き、それから、当たり前のように付け加えた。

「杏崎玄の店だ」

「…………」

また、かの子の時間が止まった。今日、二度目だ。息を呑《の》み、それを押し出すように呟《つぶや》いた。

「……え？」

祖父の店？

どういうこと？

「かのこ庵は、杏崎玄の店だ」

嚙《か》んで含めるような口調で朔が繰り返したが、信じられない。祖父は腕のいい職人だったけど、自分で店を持ったことはなかったはずだ。

「本当ですか？」

「ああ。本当だ。うちの土地を買って、この店を作った」

猫語になっていない。本当のことを言っている。本当の本当に、ここは祖父の店なのだ。

「証文がある。見るか？」

問われて、その言葉をさらに聞き返す。

「証文？」

「そうだ」

口癖なのだろうか。この短時間で、何度も「そうだ」と言っている。朔は、店の抽斗《ひきだし》から茶封筒を取り出し、かの子に見せた。

「読んでみろ」

感情の読み取れない顔で言われた。命令し慣れている口調だった。無理やりという感じはないが、逆らえない圧を感じた。

「は……はい」

茶封筒を受け取り、中の書類を手にした。

借用書
墨痕《ぼっこん》鮮やかに書かれていた。「杏崎玄」と署名もある。見間違えようのない祖父の字だ。大切な書類に名前を書くとき、祖父は筆を使うことが多かった。年賀状も筆で書いていた。

そこまでは予告されていたので、何とか耐えられた。でも、平静を装えたのも、書かれた金額を見るまでだった。

金壱億円也《なり》
「一億円……」

呟いた声が、遠くに聞こえた。時間が止まるどころの騒ぎではない。立ったまま気を失いそうだ。

「この店を作るために貸した金だ」

つまり祖父は、店を持つために借金をしたようだ。確かに、土地を買って店を建てたら一億円くらいかかりそうな気もする。日本橋ほどでないにしても、江東区も地価の安い場所ではない。

そう思って店の内装を見回すと、いかにも高そうな木材が使われていた。日本橋で指折りの名店と言われている竹本和菓子店より贅沢《ぜいたく》な作りかもしれない。

「江戸っ子は、宵越しの銭は持たない。金は使うためにあるんだ。そう言っていた」

祖父の言いそうなことだ。確かに、ケチるような性格ではなかったが、物には限度というものがある。一億円は、その限度を遥《はる》かに超えている。宵越しの銭なんてレベルじゃない。

おじいちゃん、なんてことを……。

責任を取って欲しかったけど、祖父はもうこの世にいない。頭を抱えるかの子に向かって、一億円の借金の貸し主は言葉を発する。

「作業場をのぞいてみろ。玄の選んだ道具が並んでいる。いい物をそろえたと自慢していたぞ」

――つまり、それだけお金がかかっているということだ。和菓子職人の端くれなので分かる。いい道具というのは、それなりに値が張るものだ。そして、たぶん、その費用は借金から出ている。

ごめんなさい。

もう、許してください。

全力で謝りたかった。なかったことにして欲しかった。だが、一億円の借金だ。土下座したところで許してはもらえないだろう。

「……私はどうすればいいんですか？」

そう聞くしかなかった。朔が返事をする。

「貸した金を速やかに返して欲しい」

分かってる。

それが最善だということは分かっている。分かっているけど、かの子に返せるわけがない。

見習いの和菓子職人——それもクビになったかの子の全財産は、三十万円もなかった。今月分の給料や退職金が振り込まれたとしても、百万円にも届かないだろう。一億円とは、桁《けた》が三つも違う。

困った。

どうしていいか分からない。追い詰められた気持ちでいると、ふいに、漫画だか小説だかで読んだ知識が浮かんだ。

（相続放棄）

うろおぼえだが、遺産を相続しなければ借金の支払い義務はないはずだ。本来なら三ヶ月以内に放棄しなければならないが、後に負債が発覚した場合には放棄が認められることがあるという。

でも、一億円だ。誰にとっても大金である。相続放棄します、借金は返せません、と言って、「はい、そうですか」と諦《あきら》めてくれるだろうか？

……諦めるわけがない。それくらいで諦めるような人間が、真夜中に会いに来たりはしない。そもそも相続放棄だって、本当にできるものなのか分かったものではなかった。

朔は、間違いなく金持ちだ。それも、かの子より賢そうだし、弁護士だって雇える——いや、すでに雇っているか。とにかく、漫画や小説で読んだ程度の法律知識で戦える相手ではないだろう。

かの子も弁護士を雇うべきだろうか？

もちろん雇うべきだろうが、いくらかかるんだろう？

言うまでもなく、そんなお金はない。弁護士費用の相場も知らないし、もっと言えば、どこに行けば雇えるのかも分からなかった。

自分は世間知らずで何も知らない。おのれの知識のなさに絶望していると、朔が問いを発した。

「金がないのか？」

単刀直入な質問だった。

「……はい」

正直に返事をし、すみませんと謝ろうとしたが、遮るように言われた。

「金じゃなくてもいい」

気になる言い回しであった。朗報とも受け取ることのできる台詞《せりふ》だが、そこはかとなく嫌な予感がする。一億円の借金をお金で返さなくていいなんて話があるわけがない。何か裏があるのだ。

「金じゃなくてもいい、と申しますと？」

おそるおそる質問すると、即座に言葉が戻ってきた。

「働いてもらう」

「は……働くっ⁉」

悲鳴を上げそうになったのは、テレビの時代劇で見た吉原《よしわら》の遊女を思い浮かべたからだ。彼女たちは多額の借金を背負って、いわゆる性的サービスに従事していた。

現代でもそういう仕事があることくらいは、かの子でも知っている。よくは知らないが、なんとなく知っている。そこで働かされるのか？

いや、待て。借金は一億円だ。そういう店で働いたとしても、とても返せない気がする。自分を卑下するつもりはないが、高く評価する度胸もなかった。とてもじゃないけど一億円の価値はないだろう。

すると、臓器売買的なやつか。人間の内臓は高く売れると、これも漫画に描いてあった。朔の台詞は、かの子の内臓に働いてもらうという意味なのか。

改めて朔の顔を見たが、二枚目すぎて何を考えているのか分からない。しかも、一億円の借金を取り立てている最中だというのに、声を荒らげることもなく、怒りも笑いも泣きもしない。

無表情と言ったが、むしろ静かな表情と評したほうがぴったりくる。この落ち着きようは、一般人にはあり得ないように思えた。やっぱり怖い職業の人なのかもしれない。

本当に今さらだが、逃げるべきだと思った。走ったところで逃げ切れる自信はなかったが、このまま何もせずに内臓を抜かれるよりはましだ。

とにかく店の外に出よう、全力で走ろう、と決めたときだった。

ひゅうどろどろ、と妙に生ぬるい風が頬を撫《な》でた。

風の吹いてきたほうに視線を向けると、入り口の戸が開いていた。閉まっていたはずなのに開いている。勝手に開くはずはないので、誰かが戸を引いたのだろう。それも外側から。

……誰か。

悪い予感しかしなかった。リストラから始まって悪いことばかり起こっているのに、まだ何かが起こりそうな予感があった。

借金取りの仲間がやって来たのだろうか？

怖い職業の人が増えるのか？

震え上がっていると、二つの影が店に入ってきた。桜色の着物を着た八歳くらいの女の子と、さっき見た小さな黒猫だった。

ほっとした。ふたりとも可愛らしい。怖そうには見えなかったが、その印象はいろいろな意味で間違っていた。

「朔、回りくどくてよ。説明が下手ですわ」

そう言ったのは、着物姿の女の子だ。言葉は丁寧だが、生意気な口調だ。ツンツンしたしゃべり方をしている。

応じたのは、名指しされた朔ではなかった。

「しぐれ！　口を慎《つつし》まぬかっ！　若に失礼ですぞっ！」

黒猫である。小さな黒猫が、テンション高くしゃべっている。子どもみたいな声だったが、時代劇に出てくる家老の爺《じい》が話すような口調だ。

「大声を出すな、くろまる。うるさい」

朔が黒猫を注意した。驚いている様子はなかった。

「は！　申し訳ございませぬっ！」

「それがうるさいと言っているんだ」

会話を交わしたのであった。普通の状況ではなかった。普通の人間は、猫と話せない。猫がしゃべったら、たいていの人間は悲鳴を上げるか卒倒する。

しかし、朔は普通に接している。そして、かの子も驚いていなかった。悲鳴も上げないし、卒倒もしない。ただ、朔に質問をした。

「あなたも人間じゃないの？」

○

唐菓子《からくだもの》と呼ばれる菓子がある。飛鳥《あすか》から平安《へいあん》時代にかけて遣唐使や学問僧、渡来人によりもたらされたものだ。

その多くは、米粉や小麦粉を生地とし、枝や虫、縄などのカタチに作って油で揚げられていた。神饌《しんせん》として作られることもあり、仏前にも供えられる。つまり、そもそもの時点から神社と縁《ゆかり》があったのだ。

遠い昔の話だが、杏崎家でも神々へ捧《ささ》げるための菓子を作っていた。ハレの日にもケの日にも用いられ、神社や寺なども関係が深く、その菓子は重用されていたという。陰陽師《おんみょうじ》にも献上していたのは、先に述べた通りである。そのため、「陰陽菓子司《おんみょうかしつかさ》」と呼ばれたこともあったようだ。たぶん、陰陽師に気に入られていた。だから、不思議な力を賜った。

そんなふうに陰陽師から賜ったとされる不思議な力を、かの子は二つも受け継いでいた。

嘘が、猫語――語尾が「ニャ」と聞こえること。

妖《あやかし》や幽霊が見えること。

そして、後者の能力のおかげで、知っていることがあった。

妖は、猫に化けている。

猫の姿を借りている。

もちろん普通の猫もいるが、多くの猫は妖が化けているものだ。かの子の知るかぎり、たいていの猫は妖だった。八割、九割はそうだと思う。

人の姿で暮らしている妖もいるようだが、あまり見たことがなかった。妖そのものの姿で生きているものは、一度も見たことがない。妖の存在に気づいていないだけという可能性もあるが、人間の社会で暮らしていくには、猫の姿をしていたほうが都合がいいのかもしれない。

くろまるが妖であることは疑いがない。それと話している朔も妖だと思ったのだ。そう思って見ると、人間にしては容姿が美しすぎる。二枚目すぎる。格好よすぎる。完璧《かんぺき》すぎる。

だが、朔は自分の正体には触れず、女の子の紹介を始めた。

「しぐれ。幽霊だ」

幽霊は妖と違い、生前の姿で現れることが多い。過去には、ゾンビのような恐ろしい姿をした幽霊を見たことがあるが、しぐれは可愛らしい女の子だ。桜色の着物がよく似合っていた。

「江戸時代から、この神社にいる。見た目は八歳児だが、ただの子どもではない。普通じゃない力を持っている」

朔は続けた。死んだからといって、幽霊になったからといって、特別な力が宿ることは滅多にない。幽霊のできることと言えば、気配を消したり急に現れたりして、人を驚かすくらいのもので、ほとんどの場合は無力だった。

だが、何事にも例外はある。恐ろしい霊力を持つ幽霊もいた。「悪霊」だとか、「怨《おん》霊《りょう》」だとか呼ばれている死魂だ。

女の子の幽霊——しぐれはその希有《けう》なケースで、人を呪うような力を宿しているのか？　だとすると、さすがに怖い。

一歩二歩と後退《あとずさ》りかけたとき、朔がふたたび言った。

「金勘定に長《た》けた守銭奴幽霊だ」

「へ？　守銭奴？」

おかしな声が出てしまった。予想の斜め上をいく言葉だった。悪霊でも怨霊でもなく、守銭奴幽霊。そんなものは、初めて聞いた。

情報を咀嚼《そしゃく》できずにいると、当のしぐれが話しかけてきた。

「あなた、一億円がどれくらい大金か分かってますの？」

「も、もちろんニャ！」

実は、分かっていない。分かるわけがない。桁《けた》が大きすぎる。しぐれが、疑い深そうにかの子を見た。

「見栄《みえ》を張らなくてもよろしくてよ」

バレていたらしい。嘘をついたかの子を責めることなく、子どもに勉強を教える教師みたいな口調で続けた。

「借金は、一億円ではありませんわ」

「ほ、本当？」

もしかして借金が減るのか。桁が間違っていて、一千万円――いや、百万円だったとか。かの子は期待したが、世の中は甘くなかった。

「利息を忘れていますわ」

ばっさりと言われた。借金は増えるようだ。まあ、かの子だって、お金を借りれば利息を取られることくらいは知っている。「トイチ」や「トサン」という言葉だって知っている。

「あの……。その利息って――」

おそるおそる金額を聞いた。相手は守銭奴幽霊だ。とんでもない利息を請求されるのかもしれない。

「ちゃんと書いてありますわ」

しぐれは、借用書を指差した。一億円のインパクトが強すぎて、借用書の細かいところまで見ていなかった。

かの子は、改めて証文に目をやった。

金利は年2%とする。

肩が落ちるほど、ほっとした。所得税や消費税よりもずっと低い。クレジットカードのキャッシングの年利の相場が15%程度であることを考えると、かなり良心的ではなかろうか。

2%なんて、タダみたいなものだ。そう思ったのは、大きな間違いだった。安心すべきではなかった。一億円という金額の重さを分かっていなかった。

「一年に二百万円の利息が付きますわ」

「……へ?」

慌てて頭の中で計算した。本当だった。本当の本当に、二百万円の利息が付く。その金額は、竹本和菓子店でもらっていた一年分の手取り給料とあまり変わりがない。

「借金の日付は、五年前。つまり、一億円に一千万円の利息が加算されますわ。複利なら、もっと利息を取れましたのに」

しぐれが残念そうな顔をした。複利とは、利子にも利子が付くことである。これが採用されていると、雪だるま式に借金が増えていく。

とりあえず、祖父の借金は単利だったようだ。しかし、まったくよろこべない。

「つまり、私の借金は……」

「一億一千万円になりますわ」

あっという間に、借金が一割も増えてしまった。ショックを受けていると、足もとから声が上がった。

「若っ！　我《われ》のことも紹介してくだされっ！」

黒猫が力いっぱい主張した。テンションの高い妖だ。しかも、朔を「若」と呼んでいる。

「くろまる。烏天狗《てんぐ》だ」

朔が紹介した。面倒くさがっているのか、言葉が短かった。

烏天狗とは、鳥のような顔をした半人半鳥の天狗のことだが、目の前にいるくろまるは、どこをどう見ても小さな黒猫だ。

「烏天狗だったのは、百年前までのことですわ。今は、ただの黒猫。妖力《ようりょく》がなくなって、もとの姿に戻れなくなったのですわ」

しぐれが言葉を加えた。それは、珍しくもない話だった。過去にも、妖に戻れなくなった猫を見たことがあった。普通の猫として人間に飼われている妖も、少なくない気がする。

ただ、くろまる自身にしてみれば、妖としての力を失ったのだ。さぞや気を落としているだろうと思ったが、そんなことはなかった。黒猫は胸を張っている。その姿勢のまま、ものすごく威張った声で言い返した。

「ただの黒猫ではございませぬ！　我は、若の家令ですぞ！」

家令――。明治時代以後の日本において、宮家や華族の家務《かむ》を管理し、使用人たちを監督した者のことだ。名家の執事と言えば、イメージしやすいだろうか。いずれにせよ、一般家庭にはいない。

朔に目をやりながら、かの子は聞いた。

「もしかして立派なお家の人ですか？」

どう聞いていいか分からず、微妙な言葉になってしまった。すると、くろまるがいっそう胸を張った。小さな身体で威張りすぎて、今にもひっくり返りそうである。

「超立派でございますぞ！」

微妙に現代の言葉が混じった。しかも、勢いがあるだけで何の説明にもなっていない。

朔は、説明する気がないらしく黙っている。

かの子の疑問に答えてくれたのは、またしても、しぐれだった。

「この神社の名前を見て気づかなかったのかしら？」

「名前？」

「鳥居に書いてあったでしょ？　神額に書いてありますわ」

神社の内外や門・鳥居などの高い位置に掲出される額のことを言っているようだ。それらしきものがあったような気もするが、暗かったこともあり、文字までは読まなかった。

「『みどぅじんじゃ』でございますぞ！」

横から、くろまるが叫んだ。一瞬、漢字にできなかったが、すぐにさっき聞いた名前が頭に浮かんだ。

御堂朔

「それって……」

「そうだ。その御堂だ」

朔が頷《うなず》いた。神社と同じ苗字《みょうじ》なのだ。しかし、それが何を意味するのかは分からない。ここでも説明する気はないらしく、朔は口を閉じてしまった。その代わり、よくしゃべる妖がしゃしゃり出た。

「若は、『ちんじゅ』でございます！」

これは漢字変換できた。たぶん、鎮守だ。その地を鎮め守る神。また、その社のことである。

普通なら笑い飛ばすか、からかわれていると怒るところだろうが、かの子は、この世に不思議なものがいることを知っていた。そもそも、目の前に妖《あやかし》と幽霊がいるのだ。

「わたくしとくろまるは、朔の眷属《けんぞく》ということになっていますわ」

「我は、家令の眷属でございますぞ！」

幽霊と妖が言い出した。朔に仕えているということだ。かの子は、改めて彼を見た。

「も……もしかして、神さまですか？」

「神ではない。その子孫だ。先祖は陰陽師《おんみょうじ》だった」

分かったようで、よく分からない説明だ。安倍晴明《あべのせいめい》みたいに神社に祀《まつ》られたパターンだろうか。いずれにせよ、ただの人間ではないようだ。

だとすると困った。かなり困った。借金をした相手が悪すぎる。鎮守からお金を借りるなんて、ある意味、反社から借りるより恐ろしい。

祖父は、いったい何を考えていたのだろうか。ますます分からない。借金嫌いでクレジットカードさえ持っていなかったのに、いきなり一億円も。それも、鎮守から借りるなんて滅茶苦茶だ。

文句を言ってやりたかったが、死んでしまった人間には会えない。すべての死者が、しぐれのように幽霊になるわけではなかった。たいていの死者は成仏する。この世に留《とど》まらず、あの世に行ってしまう。祖父や父母を見かけたことはないので、おそらく成仏している。

かの子も成仏してしまいたかったけど、それを試してみる暇もなく、朔の声に捕まった。

「一億円は、簡単に用意できる金額ではなかろう」

「……はい」

簡単どころか、絶対に用意できない金額だ。現代人の生涯所得は二億円とも三億円とも言われているが、かの子はすでにクビになっている。再就職できたとしても、例えば、竹本和菓子店と同じ条件——年収二百万円の仕事に就くことができたと仮定しても、一億円を稼ぐには五十年もかかる。一円も使わなくても、半世紀もかかるのだ。

「さっきも言ったと思うが、働いて返してくれてもいい」

「……何をして働くんですか？」

「かの子にできることをしてもらう」

「私にできること？」

「そうだ。この店で和菓子を作ってもらうつもりだ」

「ええっ？」

「驚くことはあるまい。かのこ庵は、玄の建てた店だ。唯一の血縁者である孫娘が引き継ぐのは当然だろう」

「当然と言われましても——」

反論したかったが、言葉が出て来ない。しかも、朔は聞いていなかった。

「玄には、ここで和菓子屋をやることを条件に金を貸した。鎮守との約束だ。守ってもらいたい」

言いたいことは分かった。ただ、いい話なのか悪い話なのかは判断できない。情報が少なすぎるし、疑問が多すぎる。

例えば、生活できるだけの給料をもらえるのだろうか？　かの子には家がない。アパートをさがすつもりでいるけど、その家賃を払えるだけの給料をもらえなければ生きていけない。もちろん、食費だって光熱費だってかかる。

考えていることが顔に出たのかもしれない。朔が、かの子の疑問に答えた。

「神社に部屋があまっている。住むところがないなら、好きな部屋を使え。今まで勤めていたところと同じだけの給料は出してやる」

「同じだけの給料……」

はしたなく復誦《ふくしょう》してしまった。好条件だったからだ。

正直なところ、和菓子職人として再就職する自信がなかった。和菓子業界にかぎったことではないだろうが、正社員は狭き門だ。そもそも正社員の募集自体が少なく、しばらくの間、アルバイトで暮らす覚悟をしていた。

祖父が借りたものとはいえ、一億一千万円の借金がある。そんなのがあったら、普通は人生終了だ。それなのに、住む場所が保証され、給料ももらえるというのだ。断る理由はない。

また、祖父が何を考えて店を作ったのかも知りたかった。死んでしまった大事な人間の気持ちを知りたかった。

朔の顔を見た。美しい鎮守は、かの子を見つめていた。そうか、ここで働けば、彼のそばにいられるかもしれない——。

申し出を受けようとしたときだ。尖《とが》った言葉が飛んできた。

「反対でございますぞ」

言ったのは、くろまるだ。見れば、小さな顔を思い切り顰《しか》めている。

「なぜだ？」

「この娘は、半人前の職人でございますぞ。かのこ庵を任せるには、力不足でございましょう」

紛れもない事実だ。技術も経験も足りていないのは、かの子も自覚していた。経営に至っては、ずぶの素人だ。

「わたくしも反対ですわ」

しぐれまでもが言った。こちらも、顔を顰めている。

「条件がよすぎますわ。一億一千万円の借金をチャラにした上に、お給料と住む場所まで与えるなんて、丸損《まるぞん》もいいところですわよ」

これも正論だ。正論すぎて、ぐうの音も出ない。

「この娘は追い出してくだされ！」

「わたくしも、そのほうがいいと思いますわ」

くろまるとしぐれが、口々に朔に訴えた。

「おまえらの言い分は分かった。一理ある。もっともだな」

美形の鎮守は頷き、穏やかに返事をした。

「だが、かの子に店を任せることに変わりはない。かのこ庵で和菓子を作ってもらうことは決定だ」

何の説明にもなっていない。くろまるとしぐれは納得しなかった。

「若のお考えでも、我は賛成できませぬぞ！」

「わたくしも反対ですわ！　この娘に一億一千万円の価値はありませんわ！」

かの子自身も、自分に一億円オーバーの価値はないと思うのだが、朔は首を横に振る。

「価値はある」

ふたたび断言し、諭すように続けた。

「おまえらも、かの子の和菓子を食べれば分かる」

この言葉には驚いた。食べたこともないだろうに、とんでもない高評価だ。目を丸くしていると、もう一つ、驚くことが起こった。

「和菓子なんか食べたくありませんニャ！」

「……え？」

かの子は、しぐれの顔を見た。猫語だったからだ。表情からは分からないが、女の子の幽霊は嘘をついている。ただ、それを追及している暇はなかった。

「話になりませんな！」

「ここにいるだけ時間の無駄ね！」

くろまるとしぐれが吐き捨てるように言って、店から出ていってしまった。

ふたりの言っていることは間違っていないし、いきなり部外者がやって来て面白くない気持ちも分かる。

でも、引き下がるわけにはいかない。かのこ庵で働く以外に、借金を返すあてはない。それに、祖父の作った店でもあるのだ。自分の名前の付いた店だ。

「放っておいても大丈夫だ」

朔は言った。確かに鎮守が決めた以上、眷属が反対しようと働くことはできるだろう。

だが、かの子は放っておきたくなかった。両親が死んで泣いていたとき、猫の姿をした妖《あやかし》や幽霊に何度も慰められたことがある。ちびっこ眷属を無視することはできない。

「あの……。私――」

それだけで伝わったようだ。朔は、何でも分かってくれる。

「鎮守の森にいる」

くろまるとしぐれの居場所を教えてくれたのだった。

○

鎮守の森とは、神社に付随する木立のことだ。御堂神社とかのこ庵を取り囲むように、木々が茂っていた。かの子は、森の中に足を踏み入れた。

「何か、すごい……」

思わず声が漏れた。夜だから、そう感じるだけなのだろうか。それほど広くないはずなのに、深い森林に迷い込んだ気になった。また、神域である森の空気は澄んでいて、都内とは思えないほど静かだ。

明るい月のおかげで視界は悪くないが、くろまるとしぐれの姿はなかった。気配さえない。どうやら隠れているみたいだ。

かの子は困った。嘘が猫語に聞こえたり、妖と話すことができたりするけれど、それ以外は、普通の人間だ。隠れている妖や幽霊を見つけられるわけがなかった。

それでも、さがした。森の中を歩き回り、声を上げた。

「ふたりとも、どこにいるの？　ねえ、出てきて」

その声は遠くまで響いていく。ふたりの耳にも届いているはずだが、返事はない。出てくる気配もなかった。

めげそうになる気持ちを奮い立たせて、「お願いだから出てきて」と何度も何度も繰り返した。鎮守の森を歩き回りながら呼びかけた。

でも、やっぱり、くろまるとしぐれは現れなかった。声が嗄《か》れるほど呼びかけても返事はなく、自分の声だけしか聞こえない。

さがしても、さがしても、さがしても見つからなかった。どんなに呼びかけても返事をしてくれない。ふたりと話そうと外に出てきたが、くろまるとしぐれの顔を見ることさえできなかった。

おまえの顔なんて見たくない。

それが、ふたりの返事なのだ。嫌われて、拒絶されて、無視されて、かの子の心は折れた。仕事と住む場所を失って、ただでさえ折れかかっていた気持ちは弱かった。

「……うん。分かった」

呟《つぶや》いた声は、今までで一番小さかった。もう返事は期待していない。かの子は、鎮守の森に背中を向けた。

神社から出ていこう。

かのこ庵から出ていこう。

それが、ふたりの望むことなのだ。沈黙は雄弁だった。眷属《けんぞく》ふたりの望みは話すことではなく、かの子がいなくなることだ。弱った心に突き刺さるように、くろまるとしぐれの気持ちが分かった。

「本当に分かったから……」

もう一度だけ呟いて、かのこ庵に向かった。

スポーツバッグは店に置きっ放しだし、借金のことを話す必要もあったし、また、最後に朔と話したかった。さよならを言いたかった。

○

美しき鎮守は、店内の縁台に座ってお茶を飲んでいた。お茶請けらしき饅頭《まんじゅう》まで添えられている。いつもなら、どこの店の饅頭だろうかと思うところだが、その余裕はなかった。

「出てきてくれませんでした」

かのこ庵で働くことはできないし、神社で暮らすこともできない。ここから出ていくと伝えようとしたけど、朔に止められた。

「これから夜食だ。話はあとにしてくれ」

「は……はい」

「一緒に食べるか?」

そんな場合ではない気もするが、竹本和菓子店を追い出されてから、まともに食べていなかった。ここを出ていくと決めた以上、なおさら何か食べたほうがいい。行き倒れても助けてくれる人はいないし、持ち金を借金の返済に充てたら食事もままならなくなるのだから。

「ありがとうございます」

「すぐに用意しよう。そこに座っていろ」

朔は作業場らしき場所に行き、本当にすぐ戻ってきた。食事の用意をしたと思えないほど早かった。ちゃんと二人分の茶碗《ちゃわん》の載ったお盆を持っている。

「待たせたな」

縁台にそれを置いた。かの子はまじまじと見て、思わず聞いた。

「これだけ……ですか？」

茶碗に軽くよそった白飯。

他には、何もない。

みそ汁や漬物どころか、ふりかけもなかった。質素と言えば聞こえがいいが、何もなさすぎだ。鎮守の食事は、白飯だけと決まっているのだろうか？

「これから作るんだ」

朔は、お茶請けの饅頭を手に取った。それを半分に割り、さらに四分の一の大きさにした。

「これくらいでいい」

自分の仕事を確認するように呟いてから、四分の一に割った饅頭をご飯のうえに置いた。小豆《あずき》あんたっぷりの饅頭のひとかけが、炊き立てのご飯に載った。

子どもが食べ物でいたずらをしたようにも見えるが、かの子は、そうではないことを知っていた。この料理を知っていた。

「もしかして……」

「そうだ。そのもしかしてだ」

小さく頷《うなず》き、饅頭を載せたご飯に緑茶をかけた。小豆あんの甘い香りが、湯気と一緒に立ちのぼった。

「どうして、これを――」

続きの言葉が出て来ない。心の底から驚いていた。まさか朔が、これを作るとは思わなかった。この場面で見るとは思わなかった。

それは、懐かしくて泣きたくなるような料理だった。鼻の奥がツンとする。涙が流れないように奥歯を噛《か》んでいると、朔がその名前を口にした。

「饅頭茶漬けだ」

○

饅頭を茶漬けにするなんて、風変わりな食べ方だ。初めて見たときのかの子がそうだったように、ゲテモノ扱いする人もいるだろう。気持ち悪いという声も聞こえてきそうだ。一般的な料理ではないと思う。

だが、饅頭茶漬けは歴史に残る料理だ。いや、これを好んで食べたのが、歴史に残る有名人だったと言うべきか。

「饅頭茶漬けは、森林太郎《もりりんたろう》の好物だったと言われている」

朔は本名を口にした。たいていの人間にとっては、筆名のほうが有名だろう。森鷗《おう》外《がい》。明治・大正時代の文豪だ。『舞姫』や『雁』、『高瀬舟』などは教科書にも載っている。また、軍医としても優秀で、軍医総監・陸軍省医務局長を務めたことでも知られていた。

その森鷗外の好物が、饅頭茶漬けだった。虎屋文庫『和菓子を愛した人たち』にもその逸話は紹介されており、森鷗外の次女である随筆家の小堀杏奴《こぼりあんぬ》は、「甘い物を御飯と一緒に食べるのが好きで、私などどう考えてもそんな事は出来ないが、お饅頭を御飯の上に載せてお茶をかけて食べたりする」と述べている。

かの子が饅頭茶漬けを知ったのは、今から十五年も昔のことだ。そのころ、両親が死んだ。昨日まで一緒に暮らしていた大好きな父母が、この世からいなくなってしまった。

悲しくて悲しくて、食事も喉《のど》を通らなくなった。幼いかの子は、泣くことしかできない。泣くのをやめようと思っても、勝手に涙が溢《あふ》れてきて止まらない。身体が干からびてしまうかと思うほど、ずっと泣いていた。

その日も、自分の部屋のベッドで枕に顔を押し付けて泣いていた。すると、祖父の声が聞こえた。

「飯ができたぞ」

「……うん」

食欲はなかったが、がんばって返事をした。かの子が泣いていたら心配する。もう手遅れかもしれないけど、できるだけ祖父に心配をかけたくなかった。

茶の間に行った。少しでも笑おうとしたけど、やっぱり笑えなかった。茶の間が広すぎるせいだ。父と母のいない茶の間は広すぎる。泣くのはやめたつもりなのに、涙がぽろぽろと落ちてくる。両親のいない部屋が滲《にじ》んで見える。

祖父は何も言わずに、ちゃぶ台にそれを置いた。

「……え？」

かの子は、きょとんとした。それを見つめながら、泣くことも忘れて祖父に聞いた。

「何、これ？」

「飯だ」

祖父は答えたが、目の前にあったのは饅頭の載ったご飯だ。

「これが、ご飯？」

「まだ完成じゃない。ちょっと待ってろ」

そう言って、饅頭の載ったご飯にお茶をかけた。今度は、唖然《あぜん》とした。行動が突飛すぎる。祖父がおかしくなってしまったのかと、少しだけ怖くなった。

「……これを食べるの？　嘘だよね」

「嘘なもんか。『饅頭茶漬け』という有名な料理だ。森鷗外の好物だったんだぞ。どうだ？ 旨《うま》そうだろ？」

祖父は得意顔だ。その顔と突拍子もない料理を見ているうちに、かの子は吹き出した。声を立てて笑ってしまった。祖父の顔も饅頭茶漬けも面白すぎる。ずっと笑えなかったのに笑うことができた。

そんなかの子を見て、祖父が大威張りで言った。

職人は、口よりも手を動かすもんだ。腕がよけりゃあ、みんな笑顔になる。孫だって笑ってくれる。

その言葉もおかしかった。かの子は笑いながら、祖父に言ってやった。

「腕は関係ないよ。おじいちゃんの顔と饅頭茶漬けが面白いんだから」

「それだって腕のうちだ」

祖父が、また威張った。どうしても自分の手柄にしたいみたいで、それもおかしかった。

でも、その日を境に、かの子は少しずつ立ち直り始めた。両親を失った悲しみが癒《い》えたわけではなかったけれど、笑えるようになった。そして、かの子が笑うと、祖父も笑うことに気づいた。

父も母もそうだった。かの子が泣くと心配し、かの子が笑うと一緒に笑った。自分が泣いていたら、あの世で困っているだろう。

両親を心配させたくない。

泣くよりも笑っていよう。

みんなに笑ってもらおう。

その日から、ずっと思っている。

◯

「食べてくれ」

朔にすすめられて、かの子は頷いた。

「はい。いただきます」

食べ物で遊んでいるようにすら見える饅頭《まんじゅう》茶漬けだが、実は嫌いではなかった。おはぎを例に出すまでもなく、米と小豆あんの相性はいい。緑茶との相性がいいのは、言うまでもない。

かの子は、饅頭茶漬けを口に運んだ。甘さ控え目で、さっぱりとした汁粉のような味わいだ。

「美味《おい》しいです」

「嘘をつけ」

朔に言われた。やっぱり無表情だけれど、目の奥が笑っているように見えた。取っつきにくく見えるが、本当はやさしい人なのだろう。かの子は繰り返した。

「美味しいですよ」

「嘘をつけ」

同じ言葉を返されて、くすりと笑った。朔の言葉が心地よかった。たいしたことは言われていないのに、心が温かくなった。追い詰められていた気持ちが、前向きになった。落ち込んでいても道は開けない。

自分にできることは、まだ残っている。

自分を嫌っている妖《あやかし》と幽霊が気に入る和菓子を作るのは不可能に思えるけれど、一つだけ手がかりがあった。


和菓子なんか食べたくありませんニャ！


女の子の幽霊――しぐれの言葉だ。真意は分からないが、和菓子を食べたいと思っているのだ。それならば、すべきことは決まっている。

かの子が顔を上げると、朔が静かな声で言った。

「しぐれが成仏しないのは、あれなりに考えがあってのことだ」

そして、江戸時代にあったことを話してくれた。しぐれの過去を聞き、かの子は改めて決心した。和菓子を作ろう、と。

職人は、口よりも手を動かすもんだ。

祖父は言った。和菓子職人ではない朔だって、饅頭茶漬けを作ってくれた。かの子を元気づけてくれた。次は、自分の番だ。

まだ温かい饅頭茶漬けを完食し、朔に頼んだ。

「作業場を貸してください」

烏羽玉

優雅な名称の由来は「丸くて黒いヒオウギという植物の種（烏羽玉《うばたま》）に似ているため」、和歌で黒や夜などにかかる枕詞《まくらことば》「ぬばたま（ヒオウギ）」にちなむなど諸説ある。形もさまざま存在していた。

「美しい和菓子の図鑑」
二見書房

竹本和菓子店では、和菓子を作る場所を「作業場」と呼んでいた。「工房《こうぼう》」、「工場《こうば》」、あるいは、普通に「厨房《ちゅうぼう》」、「キッチン」と呼ぶ場合もあるようだ。

かのこ庵の作業場は、ピカピカに磨き上げられていた。一度も使われたことがないのか、鍋《なべ》もコンロも新品だった。小豆《あずき》や白砂糖、上新粉などの材料もそろっている。今すぐにでも店を始められそうだった。

美しい作業場に目を奪われていると、朔に聞かれた。

「どうだ？」

「す……素敵です」

店の外見や内装も好きだけど、この作業場は文句のつけようがない。

「それはよかった。おまえの店だ。好きに使うといい」

そう言って、さっきと同じように、かの子の頭に手を乗せた。やさしい手の温《ぬく》もりが伝わってくる。

また、顔が赤くなってしまった。ずっとこうしていて欲しいと思ってしまった。一目惚《ぼ》れをしたのは、この店に対してだけではないのかもしれない。朔の顔が、すぐそばにある。胸が痛くなった。

二人はその姿勢のまま、何秒間か止まっていた。ゆっくりと時間は流れ、朔が手を引いた。

「外にいる。用があったら呼んでくれ」

それだけ言うと、作業場から出ていってしまった。しばらく、かの子の胸のときめきは止まらなかった。自分の胸を押さえるようにして、朔の出ていったドアを見ていた。このまま、ずっと見ていたかったが、そんな時間はない。

「よし、作るぞ」

自分の頰を叩《たた》き、無理やり正気に戻した。自分には、やらなければならないことがある。正直なところ、半人前の職人には荷が重い。竹本和菓子店で働いていたときだって、一人で売り物を作ったことはなかった。

でも、不安はなかった。朔の手の感触が、まだ頭に残っている。自分を応援してくれている。

また、祖父から聞いた和菓子作りのコツを思い出した。

食べる相手のことを思って作るんだ。

上手《うま》く作ろうだなんて思うんじゃねえぞ。

技術は大切だが、それ以上に、相手を思う気持ちが大切だと教えてくれた。言葉だけでなく、祖父はかの子にいろいろな和菓子を作ってくれた。

饅頭《まんじゆう》茶漬けだけではなく、うさぎの顔をした饅頭など、思い出すだけで笑みがこぼれそうになる。自分にそんな和菓子が作れるか分からないけれど、尻込《しりご》みする気持ちはなかった。くろまるとしぐれのことを思いながら手を動かした。

やがて、二つの和菓子が完成した。慣れない作業場で作ったせいか、予想していたよりも時間がかかった。

「急がなきゃ」

太陽の光を苦手とする妖《あやかし》や幽霊は多い。彼らは、夜が終わると姿を消してしまう。くろまるとしぐれがそうなのかは分からないけれど、早く食べてもらったほうがいい気がする。

ただ、問題はどうやって食べてもらうかだ。ふたりは、いまだに姿をくらましたままみたいだ。かのこ庵の外は静かで、姿を見せた気配はなかった。ここで待っていても来てくれないだろう。

「さがしに行くしかないか」

振り出しに戻ってしまったが、見つけないことには話が始まらない。もう一度、鎮守の森に行こう。そう決めて作業場を出た。

朔は、店の外に出ていた。何をするわけでもなく、かのこ庵の前に置いてある縁台に座っていた。月の光を浴びているようにも見えた。

かの子が出てきたことに気づくと、美しい鎮守は話しかけてきた。

「さがしに行っても無駄だ。あんなのでも妖と幽霊だ。普通の人間がさがしたところで見つけられない」

お見通しのようだ。そして、その通りなのだろう。さっき、さがしたときだって、くろまるとしぐれの気配さえ感じ取れなかった。

だけど、さがすしかなかった。何日かかっても、ふたりを見つけ出すと決めていた。

「がんばって見つけます」

子どものようなことを言ってしまった。本心だったが、具体性の欠片《かけら》もない言葉だ。

「そうか。がんばるか」

「は……はい」

頷《うなず》くと、思いもしなかった言葉が返ってきた。

「おれに任せろ」

「え？」

「くろまるとしぐれは、おれが見つけてやる」

「でも、見つけられないって――」

「普通の人間ならば、な」

朔は、懐から二枚の紙を出した。白と黒の紙が一枚ずつある。七夕に飾る短冊のような形をしていた。

「くろまるとしぐれは、こいつらが見つける」

そして、二枚の紙を宙に放った。ひらひら、ひらひらと白と黒の短冊が舞い上がった。

月の光を浴びて蝶《ちょう》のように夜空を舞っている。

「姿を見せよ」

朔が命じると、二枚の紙がふくれ上がった。月の光を吸い込むように、むくむくと大きくなり、それから、ぐにゃりと変化した。

次の瞬間、それらが強い光を発した。目が潰《つぶ》れそうなくらい眩《まぶ》しかった。慌てて瞼《まぶた》を閉じた。

……その数秒後。

「わんっ！」

「わんっ！」

犬の鳴き声が聞こえた。目を開けたときには、眩しい光と紙は消えていた。その代わり、二匹の犬がいた。もふもふとした毛並みの白犬と黒犬だ。背中に乗れそうなくらいに大きい。しかも、見おぼえがあった。

「この子たちは、さっきの――」

間違いない。数時間前、スポーツバッグをひったくられたときに、バイクを追いかけていった犬たちだ。

「そうだ」

朔は頷き、二匹の犬を紹介した。

「白いほうが天丸《てんまる》、黒いほうが地丸《ちまる》」

「まさか……」

思い浮かんだことを口にしようとしたが、朔がふたたび先回りして答えた。

「そのまさかだ。紙を変化《へんげ》させた」

「変化……。そ、それは魔法ですか？」

「違う。そんなすごいものじゃない。ただの式神だ」

朔は言うが、十分にすごいだろう。かの子でも、〝式神〟という言葉くらいは知っている。陰陽師《おんみょうじ》の命令に従って、変幻自在、摩訶不思議《まかふしぎ》なわざをなす鬼神、あるいは精霊のことだ。かの安倍晴明は京の鬼門の位置に屋敷を構え、『十二神将』と呼ばれる十二体の式神を使役していたという。

「……ただの式神」

もはや繰り返すことしかできない。陰陽師の子孫だという話は聞いていたが、術まで使えるとは思わなかった。

ふと、自分の祖先に不思議な力を授けた陰陽師の子孫ではないかとも思ったが、今となっては、確かめようもないことだ。

「天丸、地丸。くろまるとしぐれを連れてこい」

朔が命じると、白犬と黒犬が返事をした。

「わんっ！」

「わんっ！」

犬の姿をした式神たちが、夜の境内に駆け出した。その姿は、白黒《はっこく》の疾風のようだった。

五分もしないうちに、天丸と地丸が戻ってきた。

それぞれが、くろまるとしぐれをくわえている。甘噛《あまが》みというのだろうか。首のつけ根を傷つけないように噛んでいる。眷属《けんぞく》ふたりが小さいこともあって、子犬を運ぶ親犬みたいだった。

ただ、ふたりは子犬ほど大人しくはない。白犬と黒犬から逃げることはできないようだが、口は達者なままだ。

「天丸と地丸を使うとは、卑怯《ひきょう》でございますぞっ！」

「かの子の手先になるなんて、わたくし、信じられませんわっ！」

犬にくわえられた格好のまま抗議する。その姿はユーモラスで可愛らしいが、笑ってはいけない場面だろう。

「悪かった」

朔が、くろまるとしぐれに頭を下げた。それから改まった口調になり、ふたりに頼んだ。

「かの子が、おまえらのために和菓子を作った。味を見てやってくれ」

鎮守が頭を下げたのだから、眷属は聞くしかない。

「……御意にございます」

「……分かったわよ」

渋々といった様子を隠そうとしないが、それでも、ふたりは首を縦に振った。かの子の和菓子を食べると言ってくれた。

頷いたのが合図だったかのように、天丸と地丸がふたりを離した。くろまるとしぐれが、どさりと地面に落ちた。妖と幽霊なのに、痛そうな顔をしている。

朔は、眷属ふたりから式神二頭に視線を移した。

「ご苦労だったな。あとは休んでいていい」

「わんっ！」

「わんっ！」

労《ねぎら》いの言葉をかけられて、うれしそうにしっぽを振った。そして、犬の姿のまま縁台の下に寝そべった。式神というより行儀のいいペットみたいである。

一方、くろまるは不機嫌だった。地面から起き上がり、苦虫を嚙み潰したような顔で言った。

「我に味見させるのなら、早く菓子を出してくだされ。さっさと終わらせとうございますぞ」

天丸と地丸に無理やり連れて来られたのだから当然だけど、いかにも嫌そうだ。こっちを見ようとさえしない。

朔はそんなくろまるの態度に慣れているのか、何事もなかったように話を進める。

「いい月が出ている。ここで食べるといい」

「ここ？」

「そうだ。店前だ」

朱色の野点傘《のだて》と緋毛氈《ひもうせん》を敷いた縁台があり、空には満月が浮かんでいる。こんな綺麗《きれい》な場所で食べてもらえるなんて、和菓子職人冥利《みようり》に尽きる。

そう思っていると、もう一つ、幸せが飛んできた。朔が言葉を続けたのだった。

「おれも食べていいか？」

「は、はい。御堂さんに食べていただけるなんて――」

光栄ですと言おうとしたとき、美しい鎮守が口を挟んだ。

「朔だ」

「――え？」

「下の名前で呼んでくれ」

「……はい。朔さん」

恥ずかしかった。でも、うれしかった。彼の名前を呼んだだけで胸が苦しくなった。

顔が熱くなる。

頬を赤らめていると、くろまるの投げやりな声が割り込んできた。

「何でもよろしゅうございますぞ」

一瞬、心の中をのぞかれたのかと思ったが、「ここで食べるといい」と言った朔の言葉への返事だった。

「わんっ！」

「わんっ！」

天丸と地丸が、くろまるを咎《とが》めるように鳴いた。かの子の味方をしてくれているのだろうか。

そう言えば、朔に頭を撫《な》でられている姿は、どことなく自分に似ていた。

〇

くろまるは、気分が悪かった。やっていられない気持ちだ。小娘の作った和菓子など食べたくなかった。

そう思っていることくらい分かっているだろうに、朔は話を進める。

「まずは、くろまるに食べてもらうといい」

「はい」

かの子は頷《うなず》き、店の中へ菓子を取りにいった。一度に済ませてしまえばいいのに、わざわざ別々に味見させるつもりだ。くろまるとしぐれのそれぞれに別の種類の和菓子を作ったという。どこまでも面倒くさい。

「茶番でございますな」

声に出して言ってやった。心の底から、うんざりしていた。馬鹿らしいにも、ほどがある。人間の作った和菓子が、自分のような大妖怪《ようかい》の口に合うはずがない。食べる前から分かっていることだ。

「我は、烏天狗《てんぐ》でございますぞ」

黒猫は主張する。烏天狗は、妖《あやかし》の中でも屈指の神通力を持っている。また、剣術の達人でもあり、遠い昔、牛若丸《うしわかまる》と名乗っていた源 義経《みなもとのよしつね》に稽古《けいこ》をつけてやったこともあるくらいだ。

時代の波にもまれ、妖力《ようりょく》のほとんどを失ってしまったが、矜持《きょうじ》まではなくしていない。どこの馬の骨とも知れぬ小娘と馴《な》れ合うつもりはなかった。

「若の物好きには、困ったものでございますぞ」

大きくため息をついた。朔は仕えるに値する立派な鎮守だが、小娘に肩入れしているのは納得できない。店を任せた上に、神社に置いてやるなど言語道断だ。御堂神社はそんなに軽い場所ではない。

まあ、あえて意を汲《く》むとすれば、朔も年ごろの男だ。

「側室にするつもりでございましょうかな」

今度は、声に出さず呟《つぶや》いてみた。その可能性は否定できない。むしろ、それしかないような気がする。

地味な小娘にしか見えないが、蓼《たで》食う虫も好き好きという諺《ことわざ》もある。鎮守といえども、朔は人間の男だ。人間がどんな娘を好むのかは、妖である自分には分からない。

それに、とくろまるは思慮深く考える。御堂神社の主である朔には、血筋を絶やさないようにする義務がある。

だとすると、頭から反対するのはよくない。かの子を受け入れて、側室としてお育てするのが家令の役割ではなかろうか？

考え込んでいると、かの子が戻ってきた。

「くろまるさんのために作ったお菓子です」

漆塗りの銘々皿を縁台に置いた。皿には懐紙が敷いてあり、その上に、何かが載せてあった。くろまるの目が、その何かに吸い寄せられた。

「宝石でございますか？」

呟くように問うた。他の何物にも見えなかったのだ。漆塗りの銘々皿の上で、月光を受けて艶々《つやつや》と光っている。

「宝石ではない。かの子が作った和菓子だ」

返事をしたのは、朔だった。さっきからずっと保護者のような口振りで話している。くろまるの予想した通り、かの子に気があるのだろう。

そのかの子を見ると、朔の気持ちに気づいていないようだった。朔を見もせず、うつむいている。頰が赤いのは、風邪でも引いたのかもしれない。

人間は弱い生き物だから、すぐに病気になる。くろまるの脳裏には、身体を壊した女性の姿が浮かんでいた。かの子の知らない人間の女だ。

また、ご苦労なことに、恋の病というものまであるらしい。よく知らぬが、医者でも温泉でも治せない難病だと聞いた。朔も、それにかかってしまったようだ。

病人は、懲り懲りだ。病がひどくなる前に、どうにかしなければならない。

(仕方ありませぬな。我の力でまとめますぞっ!)

誰に頼まれたわけでもないのに、朔とかの子の仲を取り持つと決心したのだった。

くろまるの思慮深い考えに気づくことなく、朔はさらに話を進める。

「かの子、この和菓子の正体を教えてやれ」

「は……はい」

そう返事をし、くろまるに向き直った。

「烏羽玉《うばたま》です」

和菓子には、饅頭《まんじゆう》や最中《もなか》のような種類の名称の他に、菓銘が付けられている場合がある。和歌や俳句、花鳥風月に由来する銘が多く、例えば『唐衣』や『水無月』のように趣《おもむき》ある名前が付いている。

「烏羽玉も、その一つです」

かの子は説明する。いろいろな店で作られているが、ぱっと思い浮かぶのは、京都の名店『亀屋良長《かめやよしなが》』のものだろう。

「うばたま……でございますか？」

初耳らしく、くろまるはきょとんとしている。その様子を見て、今まで黙っていたしぐれが、横から口を出してきた。

「烏羽玉も知らないなんて、無知なくろまるですわ」

「ほう。おまえは知っているのか？」

朔が聞いたが、質問というより相槌《あいづち》だ。

「当然ですわ」

オホホと高笑いをしてから、しぐれは話し始めた。

「簡単に言えば、あん玉ですわ。黒砂糖入りのこしあんを丸めて、寒天で覆い、けしの実をかけてあるのですわよ」

江戸時代からある和菓子だからだろう。しぐれはよく知っていた。

その言葉を聞いて、黒い宝石に興味を引かれていたくろまるが、肩透かしを食らった顔になった。

「ただのあんこの玉でございますか」

そう言われてしまうのは、かの子の技術不足のせいだ。例えば、竹本和菓子店の新が作った烏羽玉には、あんこの玉と分かっても目を離せなくなる美しさがあった。

「つまらぬものでございますな」

くろまるは興味を失ったらしく、烏羽玉を見るのをやめてしまった。このままでは、食べてもらうところまで辿《たど》り着きそうにない。早くも手詰まりだ。

「なぜ、この菓子を作った？」

……そうだった。

その説明をしていなかった。緊張するあまり話すのを忘れていた。烏羽玉を作ったのには理由があった。それを客に話すのも、和菓子職人の大切な仕事だ。

朔のおかげで思い出すことができた。彼の顔を見ると、唇が静かに動いた。声は出ていなかったが、かの子には何を言ったのか分かった。

――がんばれ。

応援してくれている。そうだ。がんばると決めたのだ。かの子は頷き、烏羽玉の説明を始めた。

「『うばたまの』というのは、夜や黒などを導く枕詞《まくらことば》です」

黒猫にぴったりだと思ったのだ。それだけではなく、くろまるの正体である烏天狗にも関係があった。

「また、中国の伝説とも関係していると言われています」

和菓子の本で紹介されていた逸話だ。『事典 和菓子の世界』には、次のような記述がある。

周《しゅう》の穆王《ぼくおう》の時代、五尺の烏が飛んできて、世の中が真っ暗になった。烏を捕まえてみると、羽から出てきたのが黒い玉。玉を箱に入れると、天下は明るくなり、取り出すと暗くなる。この伝説から黒いことを烏羽玉というようになったという。

この手の話は、受け取る相手によって反応に差がある。怪訝《けげん》な顔で「それがどうした？」と言われたら返事のしようがない。だが、くろまるの反応はよかった。

「皆までおっしゃいますな！」

何かに気づいた口調であった。皆までも何も、もう話し終わっているのだが。これ以上の意味はなかった。

「かの子が、どうして烏羽玉を作ったのか分かったようだな」

「当然でございますとも！」

朔の言葉に、くろまるが大きく頷《うなず》いた。分からないのは、作った張本人のかの子だけのようだ。

「言ってみろ」

「この世を明るくするも暗くするも、我次第ということをおっしゃりたいのでございましょうぞっ！」

ものすごく都合のいい解釈――いや、誤解だ。黒猫も烏も、見かけが黒いので作っただけだ。たいそうな意味は込めていない。

訂正するのも悪いような気がして黙っていると、くろまるが話しかけてきた。

「かの子どのの力作を食べさせていただきますぞ！」

どの？

数秒前まで嫌われていたのに、いきなり名前で呼ばれ、しかも敬称が付いた。予想もしていなかった流れだ。突然の手のひら返しに驚くかの子に向かって、黒猫の姿をした烏天狗《てんぐ》が聞いてきた。

「食してもよろしゅうございますか？」

猫に人間の食べ物を与えるのはよくないと言われているが、くろまるの正体は妖《あやかし》であって猫ではない。和菓子を食べても、たぶん害はないだろう。

「ど……どうぞ」

「いただきまする」

礼儀正しく言って、烏羽玉をぱくりと食べた。ちゃんと一口で食べられるサイズに作っておいた。それにしたって、食べるのが早すぎる。ろくに嚙《か》みもせず一瞬で食べ終え、絶賛する。

「美味しゅうございます！　我の名前が付いているのは、伊達《だて》ではございませぬな！」

いつの間にやら、烏羽玉を自分の名前にしてしまった。

「くろまるの名前かどうか分からんが、いい味なのは確かだ」

朔も烏羽玉を食べ、静かな声で褒めてくれた。

「いい味ではなく、絶品でございます！　周囲を覆う滑らかな寒天を嚙むと、黒糖と小豆あんの香りが口いっぱいに広がりまするぞっ！」

くろまるが競うように言った。気に入ってくれたようだ。ほっとしていると、急に声を落として言ってきた。

「合格でございますぞ」

「……ありがとうございます」

烏羽玉のことだろうと見当をつけて返事をした。かの子の作った和菓子を気に入った、という意味だと思ったのだ。

だが、その予想は外れる。合格したのは、烏羽玉ではなかった。

「今後は、『姫』とお呼びいたします」

姫？

謎の台詞《せりふ》であった。なぜ、そう呼ばれるのか分からない。正直なところ、自分は『姫』という柄ではない。キャラが違いすぎる。

戸惑っていると、くろまるが耳打ちするように言った。

「側室と言わず、若と夫婦《めおと》になってくだされっ！」

○

そ……側室？　夫婦っ⁉

何をどう誤解したのか、自分と朔がそういう関係になると思っているようだ。かの子は赤面し慌てたが、朔は何の反応も示さなかった。何事もなかったように烏羽玉を食べている。くろまるの言葉が、聞こえなかったのかもしれない。

安心したような、がっかりしたような気持ちになった。いやいや待って。ちょっと待って。がっかりって、私は何を考えているんだ？

輪をかけて恥ずかしくなって、かの子はうつむいた。そのときのことだ。石を投げつけるような不機嫌な声が飛んできた。

「いつまで待たせるのかしら」

視線を向けると、しぐれが腕を組んで睨《にら》んでいた。かの子の恥ずかしい妄想に気づいたかのように舌打ちまでした。

「姫に無礼でございますぞっ！」

くろまるが注意したが、しぐれは見もしない。面倒くさいおっさんを無視して、かの子に聞いてきた。

「わたくしにも、お菓子をいただけますのよね？」

「は……はい」

この質問は、うれしかった。くろまるに出した烏羽玉を見て、少しは興味を持ってくれたのだろうか。

そんなことを思っていると、しぐれが聞こえよがしに言った。

「一億円の価値があるお菓子なんて楽しみですわ」

嫌みであった。分かっていたことだけど、くろまるより手強《てごわ》そうだ。

「一億円じゃない」

ふたたび朔が口を挟んだが、今度は助け船ではなかった。

「一億一千万円の和菓子だ」

ハードルを上げたのであった。千円の和菓子だって作ったことがないのに、一億一千万円の和菓子とは――。

「それは、ますます楽しみね」

しぐれが満面に笑みを浮かべて、かの子に催促する。

「一億一千万円の和菓子を持って来てくださらない？　時は金なりですわよ」

そして、少女漫画やアニメに出てくる意地の悪い令嬢キャラのように、オホホと笑ったのであった。

あこや

古くから作られていた関西地方の雛菓子《ひながし》のひとつで、生地の先端をひきちぎることから、「ひきちぎり」という愛称がつきました。真珠貝に見立てた「あこや」や、あん玉をいただくので、「いただき」と呼ばれることもあります。

「季節をつくるわたしの和菓子帳」東京書籍

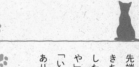

しぐれは高笑いしながら、ムカついていた。

御堂家は地主だし、代々の蓄えもある。朔も鎮守として稼いでいる。控え目に言って金持ちだ。一生かかっても使い切れないくらいの財産がある。

だけど、一億一千万円が大金であることに変わりはない。ほとんどの人間にとっては、実物を見ることさえ叶《かな》わない金額だ。よほどの資産家でないかぎり、銀行の口座にもないだろう。

「和菓子を取ってきます」

かの子はそう断ると、店に逃げるように入っていった。しぐれの嫌みがこたえているようだ。

その背中を見送ってから、しぐれは朔に意見した。

「あんなのを雇うなんて、お金の無駄ですわ」

ケチすぎると、しぐれを馬鹿にする妖《あやかし》や幽霊もいるが、そういう連中のほうが絶対に馬鹿だ。お金がなければ生きていけない世の中で、節約するのは当然のことだ。

無駄遣いは我慢できない。ましてや、一億一千万円の借金をチャラにするなんて愚行を許せるわけがない。鎮守以外の人間——かの子のような小娘が、由緒正しき御堂神社に住むというのも気に入らない。さっさと借金を取り立てて、ここから追い出して欲しかった。

「しぐれは、子どもでございますな」

そう言ったのは、くろまるだ。意見を求められたわけでもないのに、しゃしゃり出てきた。

見た目は小さな黒猫だが、中身は老害全開の妖だ。隙あらばマウントを取ろうとする。よく分からない謎理屈で、しぐれを押さえ込もうとする。年齢が上なだけで、自分のほうが優れているという顔をする。

「子どもは、大人の言うことを聞くものでございますぞ」

こんなときだけ、大人の顔をするのだ。ただの八歳児なら負けてしまうだろうが、しぐれは二百年以上も成仏せずにいる幽霊だ。老害ごときに遠慮はしない。

「お金のことを心配するのが、どうして子どもなのよ」

堂々と聞き返した。誰がどう聞いたって、まっとうな質問である。しかし、くろまるは、まともに答えない。ドヤ顔で論点をずらした。

「世の中には、お金よりも大切なことがあるのでございますぞ」

もともと態度は大きいが、いつにも増して偉そうだ。

（また始まりましたわ）

しぐれは、うんざりする。威張りたがり屋の年寄りが、この手の台詞《せりふ》を言うときのオチは予想できた。二百年の間に、何度も耳にしていた。やさしさだとか思いやりだとか前向きな気持ちだとか、綺麗《きれい》なだけで何の中身もない言葉を言うつもりなのだろう。

抽象的な言葉は、自分の都合のいいように歪《ゆが》めることができる。「世の中」みたいに主語を大きくするのは詐欺師の手口だ。しぐれは、怪しげな石や健康になる水、高額な印鑑、正体の分からない壺《つぼ》を売っている連中を思い浮かべていた。

だが、違った。くろまるは、詐欺師ではなかった。しぐれの予想を超えた何かだった。

「若と夫婦に――」

その瞬間、かの子が店から飛び出して来た。

◯

くろまるもしぐれも声が大きい。店内にいても、ふたりの話は聞こえた。しぐれの言葉は、もっともだった。

常識的に考えて、かの子に和菓子を作らせることで借金をチャラにするのは無駄遣いだ。朔は味方してくれたが、自分の作る和菓子に一億一千万円の価値があるとは思えない。

それは自分にかぎった話ではなく、名人と呼ばれる和菓子職人が高級食材を使って作ったとしても、一億一千万円の値段はつかない気がする。

そう思いながら聞いていると、くろまるが反論を始めた。お金よりも大切なことがあると言ってくれた。

あのくろまるが、かの子を庇《かば》ってくれている。味方してくれている。心が温かくなったが、次の言葉を聞いて目玉が飛び出しそうになった。

「若と夫婦に――」

また、言っている。しかも、今度は声が大きい。

朔は見映えがいいし、無愛想なだけで性格も悪くないが、そういう問題では、たぶん、ない。そんなつもりで、ここにいようとしているのではない。

「その話、ストップ！」

叫ぶように言って、会話に割って入った。それから、こそこそと窺《うかが》うように朔の顔を見た。相変わらずと言うべきか、無表情だった。くろまるとしぐれの話が聞こえていないはずがないのに、顔色一つ変えずにお茶を飲んでいる。かの子のことなんて、何とも思っていないようだ。

いやいや、当たり前だ。何とも思われていなくて当然だ。朔とは出会ったばかりだし、祖父が借金をした相手でしかない。何とも思っていないのは、当たり前だ。

ショックを受けながら、自分にそう言い聞かせていると、しぐれに言われた。

「お菓子を持ってきたのなら、早く出してくださらない。客を待たせるなんて失礼ですわよ」

これも、その通りだ。目の前で客が待っているのに、他の人間に気を取られていては駄目だ。頭を切り換えなければならない。

「お待たせしました」

漆塗りの黒い菱盆《ひしぼん》に盛り付けた和菓子を縁台に置いた。

「見たことのない和菓子でございますっ！　丸く伸ばした白餅《しろもち》にあん玉が載っておりますぞっ！」

くろまるがテンション高く報告する。しかしふと、白餅が引きちぎったような形になっていることに気づいたらしく、何やら言い出した。

「引きちぎるとは、雑な仕事でございますな。しぐれごときは、これで十分という意味でございましょう」

勝手に納得しているが、そんなはずがない。かの子が訂正するより先に、朔が首を横に振った。

「雑じゃない。これでいいんだ。江戸時代からある和菓子で、昔から引きちぎったような形をしている。そうだな？」

最後の一言は、自分に向けられたものだ。かの子は頷《うなず》き、自分の作った和菓子の紹介をする。

「はい。あこや餅です」

引千切《ひちぎり》とも呼ばれる雛菓子《ひながし》だ。あこや貝、つまり真珠貝にちなんでおり、あん玉を真珠に見立てている。その姿は、我が子を抱く母を想起させるものだとも言われていた。

台となる生地に紅や緑などの明るい色を付けることもあるが、かの子はあえて白餅にした。昔のあこや餅は、今ほどカラフルではなかったはずだ。

「姫、雅《みやび》でございまするな！」

くろまるは元気がいいが、肝心のしぐれが口を利かない。さっきまでの騒々しさが嘘のように黙りこくっている。何もいわずに、ただ、じっと、あこや餅を見つめていた。様子がおかしいとは思わなかった。朔から事情を聞いていたからだ。

――和菓子なんか食べたくありませんニャ。

この言葉にも意味があった。

朔が話してくれたのは、しぐれの物語だった。

◯

幽霊になっても、生きていたころの記憶が消えるわけではない。生前の思いに縛られているから成仏できずにいるのだ。しぐれも、そうだった。もう二百年以上も昔のことなのに、ずっと忘れられずにいる。

江戸時代のことだ。今にも崩れそうな古びた貧乏長屋で、母と二人きりで暮らしていた。物心ついたときには、すでに父親はいなかった。

「流行病《はやり》で死んだ」と母は言っていたが、本当のところは分からない。母と自分を捨てて、どこかに行ってしまったのではないかと思ったこともある。流行病で死んだと言いながら、墓どころか位牌《いはい》もなかったからだ。

だけど、そう思ったことは口に出さない。聞いても仕方のないことだし、母が困りそうな気がしたのだ。

父の顔さえ知らなかったが、しぐれは武士の娘として育てられた。禄《ろく》を食《は》んでいたわけではない。浪人というやつだ。

遠い先祖が関ヶ原《せきがはら》の合戦で手柄を立てたと母は言っているが、それも本当のことかは分からない。似たようなことを言っている浪人は、江戸の町にいくらでもいた。そして、そのほとんど全員が食い詰めていた。

食い詰めていたのは、しぐれの家も一緒だった。男手のない暮らしは貧しかった。母は針仕事の内職をもらって、しぐれを養ってくれた。

三度の食事を取れないことも多かったし、お腹が空《す》いて眠れない夜もあった。家賃の取り立てに怯《おび》えて居留守を使ったこともある。

爪に火をともすような毎日が続いたが、不満はなかった。母がいつもそばにいてくれたからだ。しぐれは、やさしい母が大好きだった。

しぐれが八歳の年、上巳《じょうし》の節句——雛祭《ひなまつ》りのことだ。母が、あこや餅を作ってくれた。

砂糖は贅沢《ぜいたく》なものだったし、小豆《あずき》などの材料だって、ただでは手に入らない。菓子を作る余裕などなかったはずなのに、自分のために用意してくれた。

「しぐれは甘い物が好きだから」

そう言っては、団子や大福、甘酒などを買ってくれることがあったが、家で菓子を作るのは珍しかった。

「だって、雛祭りだもの」

母は、にっこりと笑った。

雛祭りは、女児の幸せと健やかな成長を祈る行事だ。京や大坂《おおさか》では、あこや餅を雛祭りの祝いの配り物とするという。可愛らしい形が、雛菓子にぴったりだ。

西のほうの習慣だが、江戸には人と情報が集まってくる。あこや餅を作って、雛祭りを祝う親はいた。

母も、貧しいなりにしぐれの成長を祝いたかったのだろう。いつだって、母はしぐれのことを一番に考えてくれる。

「元気に大きくなってね」

あこや餅には、そんな母の願いも込められていた。

「はい。お母さま」

しぐれは約束した。早く大人になって働きたかった。お銭《あし》を稼ぎたかった。母に楽をさせたかった。

だが、その約束を果たすことはできなかった。約束を守ることはできなかった。

雛祭りの翌月のことだ。しぐれは病にかかって死んでしまった。あこや餅を食べたのに、大人にはなれなかった。

しぐれは、死んだ後も現世にとどまっていた。泣き崩れる母の姿や自身の葬式、それから、自分の亡骸《なきがら》が墓に葬られるところも見ていた。

人が幽霊になる理屈は分からない。ただ、しぐれは成仏できずにいる。母を見守っていたい気持ちがあったためかもしれない。

また、こんなことも考えた。人の一生は短い。母が天寿をまっとうしたら、一緒にあの世に行けばいい、と。

自分も母も、きっと極楽に行ける。悪いことをしていないのだから、地獄に堕《お》ちるはずがない。そう信じて、母を見守っていた。現世にとどまり続けていた。

死者は死者のままだが、生きている者は変化する。

周囲の環境も変わる。しぐれが死んで三年の月日が流れたころのことだ。母が再婚した。

不思議なことではない。江戸の町で再婚は珍しくないし、母はまだ十分に若く、そして美しかった。内職を届けた帰り道に、日本橋の商人に見初められた。その相手は、手堅い商売をしていると評判の薬種問屋の主人だった。

生き馬の目を抜く江戸の町で、女が一人で生きていくのは大変なことだ。堅い商売をしている店に嫁げたのは、母にとってよいことだろう。

これで内職をしなくても済む。三度のごはんも食べられる。家賃の取り立てに怯えることもなくなるし、病気になっても医者に診てもらえる。薬種問屋なのだから、ちゃんとした薬も飲める。

ただ、心配なこともあった。母はおとなしい性格をしており、新しい家に馴染《なじ》めるかは分からない。舅《しゅうと》や姑《しゅうとめ》もいれば、古株の奉公人もいる。嫁いだはいいが、いじめられる女はいくらでもいた。

（お母さまをいじめたら、呪ってやりますわ）

人を呪う方法など知らないのに、しぐれは決心した。どんなことをしてでも、母を守るつもりでいたのだ。

でも、そんな必要はなかった。幽霊の出る幕などなかった。働き者の母は受け入れられ、嫁として大切にされた。夫婦仲もよく、何人もの子どもが生まれた。そこには笑いの絶えない家庭があった。母も笑っていた。いつもいつも笑っていた。しぐれは、母がこんなふうに笑うことを知らなかった。

やがて歳月は流れた。町は変わり、母は年を取った。髪は真っ白になり、夫に先立たれていた。人生の終わりに近づきつつあった。

たいていの人間の晩年は寂しい。長生きすると孤独になる。子や孫に冷たくされているわけではなくとも、一人でいる時間が長くなる。若い人たちの邪魔をしたくないという年寄り自身の思いもあるだろう。

母も、一人ですごす時間が長くなった。独りぼっちで仏壇に手を合わせて、供も連れずに夫の墓に足を運ぶ毎日だった。

驚いたことに、あれから五十年は経つのに、しぐれの墓参りもしてくれた。線香と花、そして、あこや餅《もち》を供えてくれた。墓石に話しかけるような真似はしなかったけれど、自分のことをおぼえていてくれたのだ。

「お母さま」

呼びかけたこともあるが、死者の声は生者には届かない。母には、不思議なものを見たり聞いたりする力もなかった。しぐれがそばにいることに、一度だって気づかなかった。

ある寒い冬の朝のことだった。母は布団から起き上がれなくなり、そのまま誰に気づかれることもなく死んでしまった。

人は死ぬと、魂が身体から抜ける。重い荷物を脱ぎ捨てるように軽くなり、あの世へと向かう。

母も、同じだった。呼吸が止まると、魂が身体から抜けた。だが、死んだことが分からないらしく、戸惑ったように宙に浮かんでいた。小首を傾げるようにして、自分の亡骸を見ている。

「お母さま」

そう呼びかければ今度こそ聞こえただろうが、しぐれは唇を噛《か》んで我慢した。それどころか、母に気づかれないように隠れていた。自分の他にも、母を見守っている影があったからだ。

その影は、人の形をしていた。しぐれと同じ幽霊のようだ。でも、しぐれほど、はっきりとした存在ではない。霊力も弱く、陽炎《かげろう》のようにぼんやりとしていて、今にも消えそうだ。

影は、しぐれに気づいていない。母しか見ていなかった。やさしい声で、母の魂に話しかけた。

「迎えにきたよ」

それは、母の夫の声だった。母を幸せにしてくれた男だ。死んだ後も、ずっと母を思っていてくれた。おぼろげな影になりながら、成仏せずに母を見守っていた。

母も、夫に気づいた。ようやく、夫の姿が見えたのだ。死者になって、初めて見えるものもある。

「旦那《だんな》さま……」

母がそっと呟《つぶや》くと、夫は生真面目な声で言った。

「あの世でも、わたしと夫婦でいておくれ」

この言葉を言いたくて、もう一度、結婚の約束をしたくて、夫は現世に残っていたのだろう。

「……はい」

羞《は》じらいながら答えた母の声は、やっぱり幸せそうだった。あの世でも夫と一緒にいたいと思っているのだ。

母の霊魂は、夫の影のそばに行った。その後、夫婦はもう何も言わなかった。寄り添うように天に昇っていった。あの世に行ってしまった。

最後まで、しぐれに気づかなかった。しぐれも、母に声をかけなかった。

死んでしまったけれど、あっという間の人生だったけれど、悔いはない。

母が死んだ後も、しぐれは成仏しなかったが、それは現世に未練があったからではない。母の邪魔をしたくなかったからだ。

自分と暮らしていたころの母が、不幸だったとは思わない。貧しくとも、幸せな毎日だった。

でも、しぐれが死んだ後の母の幸せを否定するつもりはない。長い歳月が流れた今では、夫だけでなく、子や孫までもがあの世にいる。

母は、たぶん新しい家族と一緒に暮らしている。やさしい母のことだから、しぐれと一緒に暮らそうとするかもしれないが、新しい家族にしてみれば、自分は邪魔者だ。一家団欒《だんらん》の邪魔をするのは本意ではない。

「家族水入らずが一番ですわ」

そう呟き、生きていたころのことを思い返す。母の子どもで幸せだった。生まれてきて、本当によかった。母と一緒に暮らした日々のことは忘れない。貧しかったけれど、楽しかった。団子も大福も甘酒も、あこや餅も美味《おい》しかった。

「……それで十分よ」

本当に十分だ。思い出があればいい。母と暮らした記憶があればいい。母には、新しい家族と仲よく暮らして欲しかった。

だから、しぐれは成仏せずにこの世に残っている。母のいない世界にいる。親が我が子の幸せを願うように、子どもだって親の幸せを願うものなのだ。

母があの世に行くと、しぐれの墓に足を運ぶ人間はいなくなった。供養してくれる人はいない。自分のことをおぼえている人間がいないのだから当然だ。

いつの間にか、墓は朽ち果ててしまった。今となっては、どこにあったのかさえ分からなくなっている。しぐれが、この世に生きていた証《あかし》は何も残っていない。それでも、あの世に行くつもりはなかった。現世にしがみついている。

「お母さまが幸せなら、わたくしも幸せですわ」

二百年の間に、何度も何度も言った。誰にも届かない声で言った。自分に言い聞かせるように言った。あの世の母を思いながら、独りぼっちで呟いた。

これからも、きっと呟くだろう。

◯

「あの……」

かの子が声をかけてきた。しぐれがあこや餅に手を付けていないのを見て、不安になったのだろう。今にも泣きそうな情けない顔をしている。

この女の考えていることなど、お見通しだ。和菓子を食べて褒めて欲しいのだろうが、そうはいかない。食べる前から返事は決めてある。

――美味しくありませんわ。

そう言ってやるつもりでいた。褒めるわけがない。こんな女は認めない。神社から叩《たた》き出してやる。借金をチャラになんかさせるものか。

「何よ？　食べて欲しいの？　どうしてもと言うのでしたら、食べてあげないこともなくてよ」

怒らせるつもりで言ったが、かの子には効かなかった。

「お願いします」

しぐれに頭を下げたのだった。そういうところも気に入らない。あこや餅を投げ捨ててやろうかと思ったが、その瞬間、なぜか母の顔が思い浮かんだ。母は、しぐれのことを見ていた。

――食べてあげなさいよ。

そんな声まで聞こえてきた。これは空耳だろうけど、やさしい母なら、きっと、そう言うだろう。

「仕方ありませんわね。ちょっとだけ食べてあげますわ。本当にちょっとだけですわよ！」

念を押すように言って、しぐれは、かの子の作ったあこや餅を口に入れた。あんを皮で包んでいない分、小豆の香りがダイレクトに口いっぱいに広がった。

「つぶつぶした小豆《あずき》の歯触りが面白い」

「姫、美味しゅうございますぞっ！」

朔とくろまるが、勝手に食べて賞賛している。いつの間にか、かの子と仲よくなっているのも気に入らない。本当に気に入らない。

「美味しくないわ」

しぐれは言ってやった。嘘じゃない。母の作ってくれたあこや餅の足もとにも及ばない。母の作ったもののほうが、ずっとずっと美味しかった。

「そんな……」

かの子が、泣きそうな顔をする。いい気味だ。胸がすっとする。しぐれは追い打ちをかけた。

「この腕じゃあ、一億一千万円を稼ぐまで何百年もかかるわね。このお店でちゃんと働いて返しなさいよ」

「え？」

今度は、きょとんとした。鈍い女だ。皆まで言わせるつもりかと顔をしかめていると、朔が横から口を出した。

「かの子を歓迎するそうだ。しぐれと友達になってやってくれ」

「……友達？」

かの子が、目を丸くした。驚いた顔で、こっちに視線を向けてきた。

「何よ、文句あるの？」

しぐれは言ったが、ここは否定すべきだったと後悔する。これでは、友達になって欲しいと思っているみたいだ。

「……私なんかと友達になってくれるんですか？」

かの子が、おずおずと聞いてきた。言葉にしなければ分からないようだ。しかも、自分を卑下するのが癖になっている。こういう女は、本当に面倒くさい。

しぐれは舌打ちし、頼りない小娘に言ってやった。

「そ、そこまで言うなら仕方ありませんわっ！　どうしてもと言うのなら、お友達になってあげてもよろしくてよっ！」

「は……はい。よろしくお願いいたします」

かの子が頭を下げた。本気で幽霊と友達になるつもりなのだ。

どう答えていいのか分からず口をつぐむと、ふたたび、聞こえるはずもない母の声が、しぐれの耳に届いた。

お友達ができてよかったわね。

カステラ

泡立てた卵に、小麦粉と砂糖を混ぜ合わせ、オーブンで焼いたもの。十六世紀中期、ポルトガルの宣教師たちによって長崎にもたらされたという説が一般的ですが、ポルトガルにカステラというお菓子はありません。

「ときめく和菓子図鑑」
山と溪谷社

深川は日本を代表する観光地だが、賑《にぎ》わう場所はかぎられている。人々が多く訪れるのは、やはり寺社を中心とする門前仲町だろう。

かの子の知るかぎり御堂神社は有名ではないし、駅や大通りに続く通りからも大きく外れている。人通りはなく、周囲を見ても雑木林しかない。真夜中だということを差し引いても、都内とは思えないくらい閑散としていた。しかも、神社の陰に隠れるように店が建っているせいで、通りからも見えにくい。

こんなところに客が来るのだろうか？

和菓子を買いに来てくれるのか？

かのこ庵をやることになったはいいが、客が来なければ店はやっていけない。経営不振でクビになった身としては、気になるところだ。

「心配するな。客は必ず来る」

これは、朔の台詞《せりふ》だ。確信している口調だが、それも不思議だ。テレビや雑誌に取り上げられることの多い竹本和菓子店でさえ集客に苦労していたのに、自信があるようだ。

「かの子が黙っていても噂になる」

「噂？　広告を出すんですか？」

「そのつもりはない」

ますます分からない。広告も出さずに、どうやって集客するつもりなのだろう？

「いずれ分かる。今日はもう寝たほうがよかろう。神社の好きな部屋を使っていい」

と、仕事の話を切り上げられてしまった。

「くろまるとしぐれに案内してもらえ」

朔が言うと、間髪を容《い》れずに返事があった。

「お任せくだされっ！」

「仕方ありませんわね」

ありがたい話だが、もう少し朔と一緒にいたい気持ちがあった。聞きたいこともあるけど、ただ一緒にいたかった。しかし、朔は背を向けてしまった。そして、社殿のほうに歩き出した。

かの子のことなんか、やっぱり眼中にないようだ。

○

くろまるとしぐれを先頭に、かの子は社殿の前にやって来た。檜《ひのき》造りの立派な建物である。

「お上がりくだされっ！」

促されて、社殿に入った。見かけは小さいのに、建物の中は広々としている。不思議な構造をしていた。ふたりに先導されて長い廊下を歩いた。

しばらく無言で歩いた後、ふいに立ち止まり、しぐれが言った。

「この部屋を使ってもよろしくてよ」

そして、襖《ふすま》を開けた。なぜか電灯が点《つ》いていた。襖を開けた瞬間に点いたように見えたが、さすがに気のせいだろう。

そこは、真新しい畳が敷かれた和室だった。八畳。竹本和菓子店であてがわれていた部屋よりも広い。お礼を言おうとすると、くろまるが遮るように大声を上げた。

「このような狭い部屋しか用意できずに申し訳ございません！　若と祝言を挙げるまでは、ここで我慢してくだされっ！」

一日の終わりに、とんでもない言葉をぶち込んできた。

「祝言っ⁉　こ……困りますニャ！」

自分の言葉に、ぎょっとした。紛うことなき猫語だった。私は困らないのか？　いや、困るだろう。困るに決まっているニャ。

いや、収拾がつかないレベルで動揺していると、しぐれが口を挟んだ。

「真に受けなくてもよろしくてよ」

「ま……真に受けてなんかいませんニャ！」

ドツボにはまっている。もうしゃべらないほうがいいのかもしれない。いつから私は、こんな嘘つきになったのだろう？　朔の話を続けていると、もっと嘘をついてしまいそうだった。

「それにしても」

かの子は、強引に話を変える。

「立派な建物ね」

そう思ったのは本当だ。社務所に住居が付いているのはよくあることだと聞くが、ここは神社そのもので暮らせるようになっているみたいだ。廊下の先には、台所や浴室もあるという。

物珍しさも手伝ってキョロキョロしていると、しぐれが教えてくれた。

「この神社に住んでいるのは、わたくしと朔、くろまるですわ」

「え？」

さんにんだけ？　朔には、両親もきょうだいもいないのか？　疑問に思ったけれど、それを聞く暇はなかった。

「話は終わりよ。ゆっくり眠るといいわ」

「姫、今宵は失礼いたしますぞっ！」

急に言い出したのだった。眠くなったのかもしれない。だとすると引き留めるのは悪いし、朔のことを聞くのも探っているみたいだ。聞きたいことがあるなら、本人に質問すべきだろう。

「ありがとう。お休みなさい」

それぞれに返事をすると、くろまるとしぐれが大欠伸《あくび》をしながら、部屋を出ていった。

妖《あやかし》や幽霊は、基本的に夜型だ。あとで思い返すと、欠伸もわざとらしかった。

このとき、おかしいと思わなかったのは、かの子自身が疲れていたからだろう。激動の一日だった。いろいろなことがありすぎた。

作務衣を脱ぎ捨てて布団を押入から出して、そのまま倒れるように眠った。

○

和菓子職人の朝は早い。竹本和菓子店に勤めていたときも、かの子は早く起きていた。ときどき、新が先に起きていることがあったくらいで、たいていは店一番の早起きだった。暁起き——夜明け前に起きることが、身体に染みついていた。

この日も、日の出とともに目が覚めた。少し眠いが、遅くまで起きていた割りには疲れは残っていない。

ただ、昨日の記憶が残っていた。布団に横になったまま、その記憶を整理する。

祖父に一億円の借金があった。すでに一千万円の利子が付いていて、それを返す代わりに、神社に住み込んで和菓子を作ることになった。

そこには、二枚目の鎮守、黒猫の姿をした妖、女の子の幽霊が暮らしている。

現実とは思えないことばかりだけれど、どうやら夢ではなかったようだ。こうして、ここにいるのだから。

自分でも不思議に思うほど、この状況を受け入れていた。子どものころから妖を見てきたためかもしれない。

「店を任せるって言われたけど」

誰もいない部屋で呟《つぶや》いた。いろいろと聞きたいことはあったが、和菓子職人としては店のことが気にかかる。

そもそも、どこまで任せてもらえるのだろうか？

例えば、コンビニの店長のように権限がかぎられていることも考えられた。何の権限も持っていない「名ばかり店長」という可能性だってある。むしろ、かの子のキャリアと立場からすれば、そのほうが自然だ。

いずれにせよ、多額の借金があることを考えると、すぐにでも営業を始めるべきだろうが、それは難しい。

何の打ち合わせもしていないし、仕入れの問題だってある。一日の売上げ目標だって聞いていない。宣伝だって必要だろう。今まで営業していなかったようだから、やることは山積みだ。時間も資金も必要になる。

かの子一人ではできないことだ。朔と話したかったが、どこにいるのか不明だ。一部屋ずつ訪ねて回るのも憚《はばか》られる。それに、たぶん、まだ眠っているだろう。

どんな顔をして眠っているのだろうと思いかけて、はっとした。

「私、気持ち悪い……」

これでは、恋する乙女だ。朔に心を奪われすぎている。こんなことでは、和菓子職人として役に立たなくなってしまう。

気持ちを入れ替えよう。仕事のことを考えよう。自分に言い聞かせながら頰を叩《たた》き、勢いよく起き上がった。

「掃除するか」

境内には、木々が生い茂っている。季節が季節だけに、落ち葉を掃くだけでも大仕事だ。神社に就職したわけではないが、居候させてもらっている身である。掃除くらいはすべきだ。

作務衣《さむえ》に着替えて、建物の外に出た。入り口の脇に用具入れのようなものがあったので、のぞいてみると竹箒《たけぼうき》があった。使っても文句は言われないだろう。

師走《しわす》の早朝の空気は冷たく、かすかに残っていた眠気が吹き飛んだ。一億一千万円の借金があるくせに、今までにないほど爽快《そうかい》な気持ちだった。

「さてと」

掃除を始めようとしたときだ。拝殿の前で手を合わせている人影に気づいた。くろまるやしぐれのことが頭にあったので、妖か幽霊かと思ったが、見たところ人間だ。

老婦人と呼んでは失礼だろうか。七十歳から八十歳の間くらいの小柄な婦人だ。南天柄の和服を着て、白髪をシニヨンに結っていた。見るからに上品そうである。竹箒を持ったかの子に気づくことなく静かに拝んでいる。

ここは神社で、人々が祈りに訪れる場所だ。早朝から手を合わせていてもおかしくないし、その邪魔をしてはならない。

「こっちは、あとにするか」

声に出さず呟き、かのこ庵のまわりを先に掃除することにした。そっちのほうも落ち葉が散っているだろう。

だが、辿《たど》り着くことはできなかった。かのこ庵があるはずの場所まで行って固まった。

「……嘘？」

声が漏れた。なんと、建物が消えていたのであった。かのこ庵が建っていたはずの一帯が、鬱蒼《うっそう》とした竹藪《たけやぶ》になっていた。店があった形跡はどこにもなかった。見事に何もない。

「どういうこと？」

ふたたび、声が出た。昨日、見たものが消えていたのだ。夢ではないと思っていたけれど、やっぱり夢だったのだろうか？

確かに、美形の鎮守に見守られながら妖と幽霊のために和菓子を作るなんて、かの子が見そうな夢だ。

でも、すると今度は、神社に泊まったことの説明が難しくなる。仕事と住居を失って追い詰められていたのは事実だが、いくら何でも見知らぬ神社に勝手に入り込んで泊まったりはしない。

「……意味が分からない」

本当に分からない。目の前で起こっていることが分からない。とうとう頭がおかしくなってしまったのだろうか？

自分の正気を疑っていると、突然、背後から声をかけられた。

「そんなに考え込まなくていい。日が落ちれば分かることだ」

どきんとした。誰の声だか分かったからだ。振り返ると、鳶色《とびいろ》の和日傘があった。絞り染めというのだろうか。淡くて上品な色合いの傘だ。

「朔さん……」

和日傘を差して立っていたのは、御堂神社の鎮守だった。朔は本当にいた。昨夜の記憶は夢ではなかったのだ。

「太陽の光が苦手でな」

聞いてもいないのに、彼は言った。紫外線に弱い体質ということか。日光アレルギーという可能性もあった。

朔が笑わない理由は、このあたりにあるのかもしれない。アレルギーがあると、普通に生活するだけで大変だ。無表情にもなるだろう。

「こんなに早く起きる必要はない。昨日、言い忘れていたが、店を開けるのは日没後でいい」

美しい鎮守は、そんなふうに言った。夜間営業ということだろうか。夜遅くまでやっている店はよくあるが、夕方すぎに開店する和菓子屋は珍しい気がする。

いや、それ以前の問題があった。

「お店が消えて――」

「その話は、夜になってからでいいか？」

昼間は体調が悪いのかもしれない。太陽の光に弱いのなら、そうなるだろう。無理をさせてはいけない。

「はい」

かの子は頷《うなず》き、日が落ちるまで休むことにした。

〇

十二月は、日が短い。夕陽が沈み、あっという間に日が暮れた。

そろそろ朔に言われた時間になるが、どこに行けばいいのか分からなかった。かのこ庵が消えてしまったのだから。

とりあえず、朔をさがしに行こうと思ったとき、襖《ふすま》の外側から声をかけられた。

「姫、時間でございますぞ！」

「初日から遅刻するつもりですの？　いい度胸でしてよ！」

くろまるとしぐれだ。今まで気配さえなかったのに、いきなり現れて騒いでいる。相変わらず元気いっぱいだ。

「姫、襖を開けますぞっ！」

「開けますわよっ！」

そう言いながら、かの子の返事を待っている。グイグイくる割りに、ふたりとも礼儀正しい。

「どうぞ」

返事をした瞬間に襖が開き、くろまるとしぐれが飛び込んできた。

「業務の始まりでございますぞっ！」

「一億一千万円分の奴隷奉公してもらいますわよっ！　さっさといらっしゃい！」

何を言う暇もなかった。かの子は、まるで悪事を働いて連行されるかのように、建物の外に引っ張り出されたのであった。

拝殿の前に、朔が立っていた。夜なので和日傘は差していない。かの子を待っていてくれたようだ。

「では、行くとするか」

何の説明もなかった。美形の鎮守は、急ぐでもなく境内を歩き始める。

「行くって、どこにですか？」

ようやく聞くことができた。だが返事をしたのは、ちびっ子ふたりだった。

「仕事場でございますぞ！」

「馬車馬のように働いてもらいますわ！」

勢いがあるだけで、答えになっていなかった。このふたりでは駄目なのかもしれない。

改めて朔に声をかけようとすると、前を歩いていた鎮守が足を止めた。そして、かの子に返事をした。

「ここだ」

「……え？」

そこにあったのは、消えたはずのかのこ庵だった。数秒前までなかったはずなのに、ちゃんと店がある。

（おかしい……）

かの子は、目をこすった。しかし、建物は消えない。目の錯覚ではなかった。昨夜と同じように、店前《みせまえ》には、緋毛氈《ひもうせん》を敷いた縁台が置かれ、野点傘《のだてがさ》が立ててある。

「で……でも、今日の朝は――」

竹藪しかなかった。まさか、早朝に見た景色が夢だったのか？　それとも、現在進行形で、今、この瞬間に夢を見ているのか？

考え込んでいると、しぐれがため息混じりに言った。

「まだ分からないなんて、本当に鈍いですわね」

「分からないも何も……」

そう言いかけたとき、足もとで犬が吠《ほ》えた。

「わんっ！」

休んでいた天丸と地丸だ。縁台のそばからこっちを見て、何やら言いたそうな顔をしている。

「どうかしたの？」

「客が待っている」

返事をしたのは、朔である。

「え？　お客さん？」

かの子は周囲を見た。——しかし、誰もいない。神社と鎮守の森、そして、夜の闇があるだけだ。困惑していると、ふたたび、しぐれがため息をついた。

「どこまで鈍いのかしら」

「客どのは、そばにおりますぞっ！」

くろまるが焦《じ》れったそうに言い、天丸と地丸がまた吠えた。

「わんっ！」

「わんっ！」

客がいるのは本当らしいが、かの子には分からない。キョロキョロしていると、やさしげな少年の声が耳に届いた。

「ここにいますよ」

それは、野点傘の陰から聞こえてきた。誰かがいる。かの子は、じっと見た。そうやって目を凝らすと、野点傘の陰からしっぽがはみ出していた。

鈍いかの子でも、何がいるのか想像できた。

「もしかして……」

屈《かが》み込むようにして、野点傘をのぞき込んだ。そこには、猫がいた。茶トラ――レッドタビーと呼ばれる柄の猫だ。すらりとした体型の成猫で、その名前の通り赤みがかった被毛をしている。柿の色に少し似ている感じだ。

話しかけてきたのだから、ただの猫でないことは分かる。それでも聞かずにはいられなかった。

「妖《あやかし》さんですか？」

「はい。木守《きまもり》と申します」

茶トラ猫――木守が、こくんと頷いた。

人間型、動物型、付喪神など妖にもいろいろな種類がある。どんな妖が猫の姿を借りているのかは、朔が教えてくれた。

「木守は、柿の木の妖だ」

長い歳月にさらされると、植物に精霊が宿ることがある。木魅《こだま》や人面樹《じんめんじゅ》、槐《えんじゅ》の邪神など、有名な妖も存在する。また、花の精霊が美しい女人に化けるのは、昔話の定番だ。柿の木に精霊が宿り、妖となった。その妖が、茶トラ猫の姿を借りて現れたということのようだ。

「作って欲しいお菓子があって参りました」

木守は話を切り出した。本当に、かのこ庵の客だったのか。

「でも、どうして――？」

かの子は尋ねた。まだ開店さえしていないのに、いきなり客が注文に来るのは違和感があった。

「腕のいい和菓子職人が店を始めたと噂を聞きました」

「噂？」

木守に問い返すと、くろまるとしぐれが返事をした。

「我の仕事でございますっ！　しぐれと宣伝して参りましたっ！」

「わたくしは、宣伝なんかしていませんニャ！　ほ……本当のことを言っただけですわよっ！」

客が来たのは、このふたりのおかげだった。でも、いつの間に？　かの子がここに来てから一晩しか経っていない。

「おまえを部屋に案内した後、ふたりで町に出ていったんだ」

今度は朔が教えてくれた。その言葉を聞いて、昨夜のことを思い出した。くろまると しぐれは、わざとらしく欠伸《あくび》をしていた。宣伝に行くとかの子に言わずに、町に出ていったのだ。

「……ありがとう」

他に言葉がなかった。

「かの子のためじゃありませんニャ！　わたくし、一億一千万円を稼いでもらうことしか考えていませんニャ！」

「我は、姫のためでございますっ！」

返事ができない。感動して泣きそうだった。自分のために、こんなことまでしてくれるなんて。

そう思っていると、しぐれが木守に言った。

「最初に、はっきりさせておくことがありますわ」

とたんに涙が引っ込んだ。この女の子の幽霊が、何を言い出すのか想像できたからだ。

そして、その予想は当たる。

「いくら払えますの？」

さすがであった。江戸時代から守銭奴幽霊をやっているだけはある。でも、客相手にストレートすぎる。注意したほうがいいと思ったとき、くろまるが声を上げた。

「金銭のことを口にするのは卑しゅうございますぞっ！」

叱られても、しぐれはめげない。むしろ、くろまるを諌《いさ》めるように言葉を返した。

「ここはお店ですわよ。お銭《あし》を気にするのは当然ですわ」

「我に口答えとはっ！　そのような娘に育てたおぼえはありませんぞっ！」

「わたくしも、育てられたおぼえはないですわ」

「我の恩を忘れるとはっ！」

始まりかけた言い争いを止めたのは、木守の一言だった。

「お金でしたら、こちらに」

穏やかだが、よく通る声だった。視線を落とすと、縁台に黄金色に輝くものが置いてあった。しぐれが飛びつくように反応した。

「慶長小判金《けいちょうこばんきん》ですわっ！」

目を見開き、テンションが上がっている。

「慶長小判……金？」

「江戸時代初期に作られたものだ」

横から朔が教えてくれたが、その説明ではぴんと来ない。博物館的な場所以外で、小判を見るのは初めてだった。

「価値のあるものなんですか？」

素人丸出しの質問をしたところ、しぐれが即座に返事をした。

「この状態の慶長小判金なら、三百万で売れますわ」

「さ、三百万っ⁉　ど……どうして、そんな大金を⁉」

竹本和菓子店に勤めていたときの年収以上の金額を聞いて、思わず大声を出してしまった。

「梅田《うめだ》家のご先祖さまから託されたものです。まだ何枚かあります」

木守が答えたが、何一つ分からない。梅田家？　先祖？　まだ何枚かある？　どういうことだ？

頭が追いつかないかの子を見かねたらしく、朔が木守に言ってくれた。

「事情を話してやってくれないか」

「もちろんです」

そう頷《うなず》き、それから思いついたように付け加えた。

「でも、この姿では話しにくいですね」

そして、野点傘《のだて》の陰に隠れた。何をしているのだろうと思っていると、ふいに、十八歳くらいに見える青年が現れた。

白い襦袢《じゅばん》に赤茶色の着物を身にまとい、黒い帯を締めていた。見れば、着物と同系の茶色がかった髪を長く伸ばし、うしろで軽く縛っている。ほっそりとした体型をしていて、女性のようにやさしげな容貌《ようぼう》をしていた。朔とは違う種類の二枚目だ。

さすがに、誰だろうとは思わなかった。

「木守……さん？」

「ええ」

青年が頷いた。茶トラ猫が、癒《い》やし系のイケメンに変化《へんげ》したのだった。

植物にも、寿命がある。どんな巨木でも、美しい花を咲かせる桜でも、時が来れば枯れてしまう。

だが、その一方で、百年も二百年も、ことによっては千年以上も枯れない植物があるという。

「精霊が宿った証拠だ」

朔が教えてくれた。植物が妖になると、いつまでも枯れない。そして、猫や人の姿を借りて、動き回ることができるようになる。

このとき、かの子と朔、木守は縁台に並んで座っていた。十二月の夜だというのに、野点傘の下にいると寒くなかった。ここは、本当に不思議な場所だ。

足もとでは、天丸と地丸が寝息を立てている。くろまるとしぐれは、面倒くさくなったのか神社に戻っていった。周囲からは、何の音も聞こえない。静かだった。

その静けさを壊さないような穏やかな声で、木守は言った。

「遠い昔から、梅田家の人々を見守ってきました」

さっきもその言葉を聞いたが、まずそこから分からない。

「梅田家？」

「今朝の早い時間に、老婦人が神社に来ていただろ？　拝殿に手を合わせているのを見たはずだ。あれが梅田家の久子《ひさこ》だ」

朔が横から教えてくれた。かの子の頭に、朝の光景が思い浮かんだ。

「あのシニヨンの？」

「そうだ」

朔は頷き、改めて木守を紹介した。

「こいつは、梅田家の守り妖《あやかし》だ」

◯

「最初から妖だったわけではありません」

木守の話は、そんなふうに始まった。もともとは、畑の片隅に植えられた柿の木だったという。

「植物にも意識はあるのですが、そのころの記憶は曖昧《あいまい》で、忘れてしまったこともたくさんあります」

それでも、はっきりとおぼえていることもあるらしい。例えば、徳川家康《とくがわいえやす》が幕府を開いたころに、一人の老爺《ろうや》——梅田家の先祖が話しかけてきたこと。

「どうか、子孫を守っておくれ」

ただの柿の木でしかなかった木守に手を合わせ、根元のあたりに千両箱を埋めた。

「この金で守って欲しい」

大金を託されたのだ。精霊が宿り始めたのは、そのときからだったかもしれない。

妖に比べると、人の一生は短い。すぐに死んでしまう。梅田家の人々もそうだった。数えきれないほどの人間が生まれて死んだ。死にそうになった人間を助けようと思ったこともあったが、寿命はどうにもならなかった。

時代は流れ、町も人々も変わった。そんな中で、柿の木が伐採されずに済んだのは奇跡だ。いや、梅田家の人間が切らずにいてくれたおかげだ。久子も、枯れないように面倒を見てくれる。孫の澪《みお》も、柿の木を好きだと言ってくれた。

「私のようなものを大切にしてくれます」

かのこ庵の店前で、人の姿になった木守は言った。言葉や表情から、感謝の気持ちがあふれ出ていた。

だけど、その声はすぐに沈んだ。

「久子さまは息子夫婦を事故で亡くし、六歳になる孫娘の澪さまと二人で暮らしています」

かの子の胸が痛んだ。祖父と祖母の違いはあるが、自分の境遇に似ている。両親を失った悲しみは、二十歳をすぎた今でも癒えていなかった。死んでしまった父母のことを思い出すと、泣いてしまいそうになる。

「澪は、生まれつき心臓が弱い。今は入院していて、来週、心臓の手術をすることになっている」

朔が言った。鎮守として久子の願いを聞いたことがあるのか、千里眼のような不思議な力を持っているのか、梅田家の事情を知っているようだった。

何も知らないかの子は、ただ聞き返すことしかできない。

「手術？」

「そうだ。だが、難しい手術ではない」

「よかった」

心の底から思った。両親を失った澪に、自分の姿を重ねていたのだ。会ったこともないのに、感情移入していた。

しかし、朔は首を横に振った。

「いや、あまりよくない状況だ」

「え？　難しい手術じゃないって——」

言い返すような口調になった。すると、木守が応じた。

「手術を怖がって、すっかり元気がなくなってしまったんです」

「それは……」

無理もないことだ。大人だって手術は怖い。六歳の少女が怯《おび》えるのは当然だ。

「食欲もなくなってしまいました。手術を乗り切れるか、お医者さまも心配しているようです」

食べなければ身体が保《も》たない。体力がなくなってしまう。手術を延期することも検討されているようだが、できるだけ早く手術したほうがいい病気だという。

そもそも延期したところで、澪が元気になるかは分からないのだ。食事ができない状態が続いて、今よりも体力が落ちることだってあり得る。

木守が立ち上がり、かの子に頭を下げた。

「澪さまのために和菓子を作ってください」

その場では、返事をしなかった。少し考えさせてほしいと木守に伝えた。柿の木の妖は無理強いすることなく、かのこ庵から帰っていった。

木守がいなくなるのを待って、朔が言ってきた。

「断るんだな」

お見通しなのだ。いつの間にか、足もとで眠っていた天丸と地丸が消えている。朔の懐に戻ったのかもしれない。かの子は、朔と二人きりになっていた。

「自信がないんです……」

かの子は、正直に答えた。六歳の少女の命がかかっているのだ。荷が重すぎる。

「そうか。分かった」

朔が縁台から立ち上がり、「行ってくる」と言った。その声はやさしかったが、かの子は慌てた。遠くへ行ってしまいそうな気がしたのだ。

「どこに行くんですか？」

「梅田久子のところだ。澪を助けるのが無理なら伝えるのが筋だろう。何度も神社に来てもらっているからな」

「そんな……。朔さんが助けてあげれば――」

「無理だ。鎮守にそんな力はない。木守も言っていただろう。人を救うことはできない、と。おれも同じだ」

声が沈んで聞こえた。かの子は、何も言えない。自分が断っても、朔がどうにかしてくれると思っていたのだ。

「妖怪《ようかい》相手の神社の鎮守だからな。人間相手には無力だ」

珍しく自嘲《じちょう》するように呟《つぶや》き、かの子に背を向けて歩き始めた。久子に謝りに行くつもりなのだ。

拝殿に手を合わせる久子の姿が、かの子の脳裏に浮かんだ。自分に頭を下げた木守の姿もあった。

でも、一番強く浮かんだのは、落ち込む朔の顔だった。そんな顔を見たこともないのに、はっきりと浮かんだのだ。そんなはずはないのに、助けを求めているように感じた。

「ま……待ってください！　私も一緒に行きます！」

何もできないくせに叫ぶように言って、朔を追いかけた。彼を独りぼっちにしたくなかった。

〇

朔の向かった先は、日本橋にある病院だった。かの子が勤めていた竹本和菓子店の近くだ。また、祖父のかかりつけでもあった。祖父は、ここに入院していた。最期の瞬間を迎えた場所でもある。

「梅田澪は、ここに入院している。久子もいるはずだ」

「久子さんは、澪ちゃんのお見舞いに来ているんですよね？」

「そうだ。見舞いだ」

「でも、面会時間が……」

祖父が入院していたころと変わっていなければ、午後八時までだったはずだ。その時刻を、もう三十分はすぎている。久子がいるはずはなかった。

「そうだ。終わっている」

それなのに引き返そうとしない。しかし、病院の敷地にも入らなかった。そのまま歩き、病院の門を通りすぎた。

「朔さん……？」

不安になって呼びかけると、彼は言った。

「こっちだ」

そして、大通り脇の細い路地に入り、病院の裏手に回った。人通りの絶えた歩道に出た。外灯も少なく、病院の窓から漏れる明かりを頼りに歩くような道だ。

そこに、一人の老婦人が立っていた。本当に、いた。

「久子さん……」

かの子の口から声が漏れた。それは、誰にも届かないような小さな声だった。そんな声しか出なかった。久子が何をしているか分かったからだ。

病室の一つに視線を向け、御堂神社の拝殿で手を合わせていたときと同じ表情をしていた。祈るような、すがるような顔だ。

「ここから澪の病室が見える」

朔の声は、囁《ささや》くように小さかった。久子の祈りを邪魔しないようにしているのかもしれない。

その声のまま、鎮守は続けた。

「見舞いの後、毎日、ああして立っている」

ふたたび祖父を思い出した。かの子が病気で寝込むと、祖父は、ずっとそばにいてくれた。徹夜で看病をしてくれたこともある。高熱でうなされたときには、仏壇に手を合わせて祈っていた。

手を合わせてこそいないが、久子も祈っていた。病気の澪のために祈っている。幻聴だろうけれど、その声が聞こえてきた。

孫の病気を治してください。

どうか、元気にしてください。

いつか聞いた祖父の祈りでもあった。自分の命と引き替えにしてでも、孫を助けたいと思っているのだ。

最近の冬は暖かいと言うが、さすがに十二月の夜は肌寒い。久子は、病院を見たまま動かない。放っておいたら風邪を引いてしまいそうだ。

かの子は、久子に歩み寄ろうとした。誰に強制されたわけでもない。自分の意志で話しかけようと思ったのだ。力になりたいと思った。

何歩か進んだところで、久子がこっちを見た。不思議そうな顔になった。そう言えば、彼女とは初対面だった。たぶん久子は、かの子を知らない。

「あの……。ええと……」

どこから話を始めればいいのか分からず、挙動不審になっていると、久子の手が動いた。それは、予想もしない行動だった。老婦人が静かに手を合わせたのだ。神社の拝殿で見たときと同じように祈り始めた。

ただ手を合わせた先にいるのは、かの子ではなかった。美しい鎮守が、かの子に寄り添うように立っていた。

「朔さん……」

「おまえのそばには、おれがいる。心配しなくて大丈夫だ」

かの子にだけ聞こえる声で言った。久子の祈りは、御堂神社の鎮守に向けられていた。朔の正体に気づいたのだ。

二人の間に面識があったわけではないだろう。普段から信心深く神社に手を合わせているから、見た瞬間に鎮守だと分かったのかもしれない。

「言いたいことがあるなら、言ったほうがいい」

朔が、かの子に言った。その言葉の意味は分かる。断るなら今しかない。ここで首を横に振れば、木守の頼みを断ることができる。

だけど、かの子は逃げなかった。祖父と重なる久子のために、自分にできることをやってみようと思ったのだ。

「澪ちゃんのために和菓子を作らせてください」

自信もないのに、そんな和菓子を作れるかどうか分からないのに、そう言ってしまった。

○

翌朝、かの子は神社を後にした。逃げ出したわけではない。どこに行くのかは、ちゃんと朔に伝えてきた。

「竹本和菓子店に行ってきます」

クビになったばかりの店に行こうとしていた。近づくことさえ嫌だったが、あの店の菓子が必要だった。どうしても手に入れたいものがあった。

「そうか」

朔の返事は、いつもと変わらない。余計なことを言わず、何も聞かずに、かの子を見送ってくれた。ただそれだけのことだったが、なぜか励まされた気持ちになった。心が温かくなった。勇気をもらった。

竹本和菓子店は、神社から歩いていける距離にある。解雇されて追い出された後、とぼとぼと歩いた道を反対に辿《たど》り、ついこの間まで働いていた店に着いた。

江戸情緒を感じさせるかのこ庵とは反対に、竹本和菓子店は現代的な店構えだ。正面はガラス張りで、通りから店内をのぞくことができる。

気後れしていたが、ここまで来て引き返すわけにはいかない。久子の力になると決めたのだ。

「……おはようございます」

微妙な感じの挨拶《あいさつ》をしながら店に入った。すると、新がいた。

主人であっても接客をするのは、先代からの方針だ。ただ運の悪いことに、店内には彼しかいなかった。開店したばかりだからだろうか。従業員の姿も客の姿もなかった。

「おや、これは杏崎さん。ご無沙汰《ぶさた》しております。もしや、お忘れ物ですか？」

と、新が声をかけてきた。ご無沙汰というほど日にちは経っていない。二日前にクビになったばかりである。

「それとも遊びに来てくださったんですか？」

この男は、解雇された店に遊びに来る人間がいると本気で思っているのか。歓迎している口振りにも聞こえるが、嫌みを言っているだけだろう。いきなり解雇された上に、

「今後の就職先として――」とアルバイト先だかを紹介されそうになったことは忘れていない。

従業員なら愛想笑いの一つもして見せるところだが、リストラされた身である。相手をするつもりはなかった。単刀直入に用件を言った。

「カステラを買いに来ました」

このために、クビになった店にやって来たのだった。

意外に思う人間もいるかもしれないけれど、カステラは洋菓子ではない。形や食感から洋菓子を想像しそうになるが、かの子の知るかぎり和菓子に分類される。専門学校で

はそう習った。

多くの和菓子屋がカステラを売っており、その種類も豊富だ。贈答品としても人気が高く、お見舞いの品の定番でもある。

竹本和菓子店でカステラを売るようになったのは、代替わりしてからだという。先代から受け継いだものではなく、新が作り始めた。最高の卵や砂糖、水飴《みずあめ》、小麦粉を厳選し、なるべく機械を使わない〝手作り〟にこだわって作っていた。

そんなふうに昔ながらの作り方をしているからだろう。新のカステラは、少しだけ祖父の作ったものに似ていた。祖父のカステラより上品な味だが、それでも、風邪で寝込んだときに作ってもらったカステラを思い出させる。

(おじいちゃんのカステラを食べれば元気になる)

でも、祖父は死んでしまい、かの子は作り方を教わっていない。だから、竹本和菓子店にカステラを買いに来た。

「お見舞いに持っていくには、どれがいいでしょうか?」

――和菓子職人のくせに、分からないんですか?

それくらいの嫌みは覚悟していたが、新は言わなかった。曲がってもいない眼鏡を直してから、真面目な顔で質問してきた。

「どなたかが、ご病気なんですか?」

「はい。入院している知り合いがいるんです」

「知り合い？」

「六歳の女の子です」

心臓が弱いということ、もうすぐ手術だということ、食欲をなくしているということを話した。

「そうですか……」

新は何秒か考えた。それから、個別包装になっているカステラの詰め合わせを選んでくれた。

「お大事に、とお伝えください」

竹本和菓子店の紙袋に入れたカステラの詰め合わせをかの子に渡し、新は丁寧に頭を下げた。

「お買い上げありがとうございました」

嫌みは言われなかった。

○

御堂神社に戻ると、朔がいた。くろまるとしぐれも待ち構えていた。夜じゃなくても現れるようだ。

「どこに行っていたのでございますかっ!?」

「出かけるなんて聞いてなくてよっ！」

「姫、我の質問にお答えくだされっ！」

「わたくしに黙って出かけるなんて百年早いですわ！　どこに行ってきたのか、おっしゃいっ！」

問い詰める口調で言われた。ふたりとも、かなり怒っていた。なぜ怒っているのかわからず、その勢いに圧倒されていると、朔がくろまるとしぐれに言い聞かせるように言ってくれた。

「さっきも言ったはずだ。かの子は、買い物に行ってきただけだ。神社から出ていったわけじゃない。心配するな」

その言葉を聞いて、ふたりが怒っている理由が分かった。かの子を心配してくれたのだ。素直にうれしかった。だが、しぐれとくろまるは首を横にぶんぶん振った。

「かの子ごときを心配するわけありませんニャ！　出ていきたければ、出ていってもよろしくてよニャ！」

「我も心配しておりませぬニャ！　姫を信用しておりまするニャ！」

猫語になっている。その様子は、笑い出しそうになるくらい可愛らしい。まだ出会ったばかりなのに、かの子のことを思ってくれるのだ。

「カステラを買ってきたの」

自分の口から説明した。すると、さらに怒られた。

「なんで自分で作らないのよ？　和菓子職人でしょっ？」

「我も納得できませぬぞ、姫」

「手抜きはよくなくてよ」

「その通りでございますぞ、姫。自分でお作りくだされ！」

返事をすることのできない勢いで責め立てられていると、ふたたび朔が助けてくれた。

「そう言うな。かの子には、かの子なりの理由がある」

「理由とは、何でございましょう？」

「わたくしも聞きたくてよ」

ふたりの矛先が、朔に向けられた。だが、美しい鎮守は平然としていた。

「かの子が買ってきた菓子を食べれば分かる。余分に買ってきたんだろ？」

二つ目の言葉は、かの子へ向けたものだ。

「はい」

頷《うなず》くと、しぐれが顔をしかめた。

「余分に買うなんて、無駄遣いですわよ」

言われて、はっとした。多額の借金のある人間が、すべきことではなかった。一億一千万円もの借金があるのに、お土産を買って来るなんてのんきすぎる。

この神社に馴染《なじ》みすぎて余計な真似をしてしまった。仲間になったような気持ちでいたが、自分は債務者——借金のある身だった。

「……すみません」

落ち込みながら謝った。それを見て、しぐれが慌てた口調になった。

「まあ、アレですわ！　アレ！」

「アレ？」

「つ、つまり……、敵を知るためですわ！　そのための必要経費だと思えば、ギリギリ許せますわっ！」

「敵？」

「こ……このカステラを作った男は、かの子をクビにしたのですわよっ！　つまり、敵ですわっ！」

その発想はなかった。新と戦っているつもりはないのだが。

「姫をクビにした男の作った和菓子を食《しょく》するということは、つまり仇討《あだう》ちでございますな！」

「そうよ！　江戸の仇をカステラで討つのよ！」

勢いだけで押し切ろうとしている。仇討ち要素がどこにあるのだろうか？　首を捻《ひね》っていると、なんと、朔が同意した。

「そうだ。その仇討ちだ」

御堂神社の鎮守は、いい加減であった。くろまるとしぐれを宥《なだ》めるのが面倒くさくなったのかもしれない。

カステラの単位は、『号』で表されていることが多い。店によって差はあるが、一号六百グラムが目安だと言われている。尺貫法の名残りだ。

竹本和菓子店では、その一号カステラを十切れにカットして売っている。最初から切ってあるのだ。

改めて包丁を入れる必要はなく、箱を開ければ、すぐに食べることができる。気軽に食べてもらおうという新の工夫だ。包丁を使わなくて済むので、お見舞いにもぴったりだった。

箱を開けると、四種類のカステラ——プレーン、黒糖、蜂蜜《はちみつ》、抹茶が入っていた。個包装になっているので、手を汚すことなく食べられる。

新の作ったカステラは美しく、見るからに美味《おい》しそうだった。食べる前から、カステラのしっとりとした甘さが口中に広がってくる。

「そ……そこまで言うなら、食べてあげてもよろしくてよっ！」

喉《のど》を鳴らしながら、しぐれが言った。ちなみに、かの子は何も言っていない。カステラを食べたくて仕方ないようだ。

「いざ、出陣でございますな！」

くろまるは張り切っている。

「我は、プレーンを所望《しょもう》いたしますぞ！」

「わたくしも、最初はプレーンでよろしくてよ！」

カステラを取ってくれということだろう。かの子は、ふたりが食べやすいように包装を開けてやった。

「では、いただきますぞ！」

「味を見てあげますわ！」

そして、同時に食べた。もぐもぐと咀嚼《そしやく》する。竹本和菓子店のカステラは、病人でも食べられるほど口当たりがいい。お見舞いにぴったりの菓子として、テレビや雑誌で紹介されたくらいだ。

そのカステラは、幽霊や妖《あやかし》の口にも合ったらしい。一切れ目を食べ終えるや、しぐれとくろまるが声を上げた。

「もう一切れ、食べてあげてもよくてよ」

「我にもくだされっ！」

「わたくし、蜂蜜を食べてあげてもよろしくてよ」

「我は、抹茶を所望いたしまするぞっ！」

カステラのおかわりを催促する。

「蜂蜜と抹茶ね。はい。どうぞ」

ふたりに新しいカステラを渡し、自分の分を確保した。手本にするために買ってきたのだから、全部食べられてしまう前に味を見ておきたい。かの子は、プレーンのカステラを口に運んだ。

（……美味しい）

悔しいほど美味しかった。口に入れた瞬間から美味しいし、噛《か》んでからも美味しい。しっとりとした食感で、上品な甘さが口いっぱいに広がった。やっぱり祖父の味とは違うが、文句のつけようがない完成度だ。

カステラにかぎらず、新の和菓子作りの技術は高い。代替わりで客が減ったが、いずれ売上げは戻ってくるように思えた。

「次は黒糖よ！」

「我は、もう一度、プレーンを！」

しぐれとくろまるは食欲旺盛《おうせい》だった。結局、ほとんどふたりでカステラ一箱を平らげてしまった。

「味はどうだ？」

そう聞いたのは、それまで黙っていた朔だ。しぐれとくろまるが返事をする。

「た、たいしたことありませんニャ！」

「ひ……姫のほうが上でございますニャ！」

嘘つきは猫の始まりである。ふたりの言葉は、猫語になっていた。勢いで乗り切ろうとしているくせに、目が泳いでいる。

「気を遣わなくていいから」

かの子は、力なく言った。新に負けていることは分かっている。相手は、名店の主である。修業もしっかりと積んでいる。リストラされた半人前の小娘では、敵にすらならないだろう。

だからこそ、このカステラを買ってきた。これを手本にして、祖父のカステラに少しでも近いものを作るのだ。そうすれば、きっと澪も食べてくれる。

その考えを口にした。くろまるとしぐれは感心してくれた。

「敵を利用するのでございますなっ！　姫、名案でございますぞ！」

「かの子にしては、上出来のアイディアですわ」

自分でも悪くない方法だと思ったのだが、朔の意見は違った。

「無理だな」

断言したのであった。

「澪ちゃんに食べてもらえないってことですか？」

「そうだ」

頷く朔は、カステラを一切れも食べていない。味を見なくても、澪が食べないと分かるようだ。

その理由が、かの子には分からない。新のカステラは口当たりがよく、味も抜群なのに。

「どうして駄目なんですか？」

「畑に行けば分かる」

「畑？」

「梅田家の畑だ。そこで話したほうがよかろう」

それが、朔の返事だった。かの子は、自分の失敗にまだ気づかない。とんでもない失敗を犯していたのに。

草餅

春、芽吹いた蓬《よもぎ》を摘み、餅《もち》に搗《つ》きこんで作る。餡《あん》を包んだ草餅と、餡やきな粉をまぶした草餅の二つのタイプがある。蓬には薬効があり、古来より邪気を払うとも言われている。

「和菓子　WAGASHI
ジャパノロジー・コレクション」
角川ソフィア文庫

畑に行くことになったが、しぐれとくろまるは一緒に来なかった。

「太陽の光が苦手なわけじゃありませんわニャ！」

「その通りでございますニャ！　太陽ごとき、我の敵ではございませぬニャ！」

早口だった。息継ぎをせずに捲《まく》し立てるような口調で、猫になっている。やっぱり昼間が苦手なのだ。

「あの神社にいるかぎり、昼でも夜でも平気なのだがな」

梅田家に向かう道すがら、朔が教えてくれた。御堂神社には、不思議な力があるようだ。

「朔さんは大丈夫なんですか？」

かの子は聞いた。彼もまた、太陽の光が苦手なはずだ。

「日傘があれば大丈夫だ。それに、かの子が一緒だからな」

「わ、私なんて……」

顔が赤くなってしまった。二人きりの時間はすぐに過ぎ、あっという間に梅田家の畑の前に着いた。

久子が、草むしりをしていた。病院ではなく畑にいる理由は想像できる。祖父が入院していたころとルールが変わっていなければ、医師の回診のある午前中は面会できない。しかし、家にいても澪のことが心配で落ち着かず、畑で身体を動かしているのだろう。

自分も、そうだった。祖父が入院するたびに落ち着かない気持ちになり、家にいられなくなった。公園や神社で時間を潰《つぶ》したこともあった。初めて好きになった少年と会ったのも、そんなときだった。

思い出すたびに、その少年と朔の顔が重なる。

——前に会ったことがありませんか？

と聞いてみようかとも思ったが、今さらすぎる。それに今はそういう場合でもなかった。なぜ、カステラでは駄目なのか。その謎を解かなければならない。

　畑にいる久子は、かの子と朔がやって来たことに気づかなかった。何かに取り憑《つ》かれたみたいに、雑草をむしり続けている。朔は話しかけようとしない。鳶色《とびいろ》の和日傘を差して、静かに畑を眺めている。

畑に行けば分かると言われたけれど、これでは何も分かりそうにない。困惑していると、足もとから猫の鳴き声が聞こえた。

「みゃあ」

いつの間にか、茶トラ猫がいた。妖《あやかし》の木守だ。かの子と朔を見て、人間の言葉で話しかけてきた。

「何か、ご用でしょうか？」

柿の木の妖なのだから、畑にいるのは当然である。木守が宿っているらしき木は、畑の端にひっそりと立っていた。すでに実はなく葉も落ちている。どこにでもありそうな普通の柿の木だった。

「聞きたいことがあって来た。質問してもいいか?」

そう言ったのは朔だ。木守が現れるのを待っていたようだ。

「かの子が、見舞いにカステラの詰め合わせを買ってきた。澪は食べると思うか?」

「いいえ。お召し上がりにならないと思います」

即答だった。その瞬間、思い浮かんだことがあった。

「澪ちゃん、カステラが苦手なんですか?」

本当に今さらの質問だ。誰にでも好き嫌いはあるし、それ以前の問題として、卵や小麦粉のアレルギーを持っている者もいる。引き受ける前に——せめてカステラを買いに行く前に、きちんと確認しておくべきだった。アレルギーは命にかかわることもある重大な問題だ。

だが、そうではなかった。木守が首を横に振った。

「いいえ。お好きだったと思います。入院する前は、よく食べていました」

そこまで聞いて、やっと分かった。むしろ、どうして今まで気がつかなかったのだろう?

「もう誰かが持っていったんですね」

「ええ。いろいろなお店のカステラをいただいたようです」

当然の返事である。カステラは、お見舞いの品の定番だ。誰もが思いつく菓子でもある。

「最初のころは食べていたのですが……」

今では、手もつけない。老舗《しにせ》と呼ばれる名店のカステラをもらっても駄目だったという。

朔が、念を押すように木守に聞いた。

「竹本和菓子店のカステラも、見舞いにもらっただろ？」

「ええ。そのようです」

よく考えれば病院から歩いていける距離にある有名店なのだから、これも当然だ。澪は、そのカステラも食べなかった。

かの子は、うなだれた。進もうと思った道は、行き止まりだった。仕事を失ったときと同じように、袋小路《こうじ》に迷い込んだ気持ちになった。

でも、同じではなかった。あのときと違って、かの子は独りぼっちではなかった。

「新しい和菓子を作ればいい。もっと自信を持って。くろまるもしぐれも、おれも、かの子の作る和菓子が大好きだ。きっと澪も気に入ってくれる」

朔が言ってくれた。もう一人じゃないと教えてくれた。

その言葉がうれしかった。独りぼっちじゃないことがうれしかった。涙が出そうになるくらい、うれしかった。

「ありがとうございます……」

頭を下げると、本当に涙がこぼれかけた。泣き顔になるのを誤魔化そうと、目の前の畑を見た。

久子が草むしりを続けている。畑自体はそれほど広くないけれど、久子一人で手入れをするのは大変そうだ。

「入院する前は、澪さまがお手伝いにいらっしゃっていました」

木守が、昔の出来事を話すように言った。すると、見たわけでもないのに、その様子が脳裏に浮かんだ。

幼い上に身体の弱い澪のことだから、たいした手伝いにはならなかっただろう。それでも、久子はうれしかったはずだ。澪だって、祖母の手伝いができてうれしいと思ったに決まっている。

自分もそうだったから分かる。和菓子を作る祖父の手伝いをして、褒められるのがうれしかった。大好きな祖父の役に立てるのがうれしかった。あの時間は、かの子の宝物だ。もっとたくさん手伝いたかった、と今でも思う。

「――そっか。そうだよね」

思わず呟《つぶや》くと、木守が不思議そうな顔をした。

「どうかしましたか？」

「はい。どうかしていました」

かの子は答えた。まだ作ってもいないうちに落ち込んで下を向いた自分は、どうかしていた。

祖父の言葉が、頭の中で聞こえた。

職人は、口よりも手を動かすもんだ。

腕がよけりゃあ、みんな笑顔になる。

孫だって笑ってくれる。

笑えなくなった子どもがいる。かの子の和菓子で、澪の笑顔を取り戻すことができたら、どんなに素晴らしいだろう。

みんなを笑顔にする和菓子を作りたい。ずっと、そう思っている。子どものころからの夢だ。

それを叶《かな》えるためにも、まずできることからやろう。

「草むしりを手伝ってきます」

「畑の草むしり……ですか？」

木守はきょとんとしたが、朔は聞き返すことなく賛成してくれた。

「それしかないだろうな」

そう。

かの子にできるのは、それしかない。

○

翌日、病院の面会時間が始まるのを待って、久子と澪のお見舞いに行くことになった。

朔は一緒に来ない。

「これ以上、神社を留守にするわけにはいかない」

鎮守なのだから当たり前だ。ただでさえ久子に会いに病院に行ったり、梅田家の畑に行ったりと、毎日のように外出している。

「本来なら、神社から離れてはいけないんだ」

決まりがあるようだ。しぐれとくろまるも、昼間は神社の外に出られない。

「かの子なら平気ですわニャ」

「姫、余裕でございまするニャ」

またしても、猫語になっている。平気でもなければ、余裕でもないと思われているのだ。小さな幽霊と妖に心配されるほど、かの子は頼りない。

幼い少女の命がかかっている。そう思うと膝《ひざ》が震えた。逃げ出したい気持ちになったが、かの子には朔からもらった言葉があった。

「ここから先は、おまえの仕事だ」

――私の仕事。

和菓子を作るのは、かの子が自分で選んだ仕事だ。誰に強いられたわけでもなく、自分の意志で選んだ。みんなを笑顔にする和菓子を作ることに、人生のすべてを捧《ささ》げるつもりで生きている。

心配してくれている仲間たちへの返事は一つだ。かの子は、その言葉を口にした。

「大丈夫だから、私に任せて」

自信があるわけではない。自分ごときが誰かを救えるとも思っていない。

だけど、やらなければならないときがある。

助けたい人がいる。

自分を心配し、そして信じてくれる仲間たちがいる。

○

病院は、苦手だ。

特にこの病院に来ると、昔のことを思い出してしまう。記憶の中でしか会えない人たちのことを思い出してしまう。

父母が交通事故にあって、この病院に運ばれて死んだ。

祖父が死んだのも、この病院だ。

大切な人たちと別れた場所だった。

悲しくて、今でも泣いてしまいそうになる。それでも生きていられるのは、〝嘘〟のおかげだ。たくさんの猫語のおかげで生きていられる。

人は、嘘をつく。卑しい嘘もあるが、そのほとんどは違う。他人を思いやるための嘘があることを、かの子は知っていた。

例えば病院に行くと、こんな声が聞こえてくる。

――すぐ元気になるニャ。

――たいした病気じゃないニャ。

――簡単な手術ニャ。

――すぐに家に帰れるニャ。

――何の心配もいらないニャ。

猫語をしゃべる人々の顔は、どこまでもやさしかった。

他人を傷つける正直者よりも、やさしい嘘つきのほうが好きだ。嘘だと分かっていても、人はやさしい言葉に励まされるものだから。

今日は、自分が励ます番だ。だけど言葉で励ますんじゃない。嘘もつかない。この手で作った和菓子で笑ってもらう――。

「かの子ちゃん、こっちよ」

病院の廊下を歩きながら、久子が教えてくれた。澪のことが心配で寝ていないらしく、昨日より頬が瘦《こ》けていた。顔色もよくない。それでも、きっと、孫の前では笑って見せるのだろう。

いくつかの病室の前を通りすぎ、やがて辿《たど》り着いた。ドアの脇に、素っ気ないプレートがかかっていた。

梅田澪　様

個室なので、名前は一つしかない。ドアは開け放しになっていた。ドアが閉まっている病室もあるので、あるいは、病状と関係しているのかもしれない。

「澪ちゃん、お見舞いに来たわよ」

久子が呼びかけると、幼い子どもの声が「うん」と答えた。祖母が来るのを待っていたのだろう。返事は早かった。

病室に入りながら、久子はさらに聞く。

「今日は、お客さんがいるの。可愛いお姉さんが、澪ちゃんのお見舞いに来てくれたのよ。入ってもらってもいいかしら?」

「……うん」

ふたたび声が聞こえた。祖母の他に人がいると知って緊張したようだが、お見舞いを拒みはしなかった。

「かの子ちゃん、どうぞ」

そっと深呼吸をして、挨拶《あいさつ》をしながら病室に入った。

「こんにちは」

消毒液のにおいが濃くなった。真っ白なベッドがあって、小柄な女の子が枕に寄りかかるようにして座っていた。髪は短く、見た目はボーイッシュだが、表情が沈んでいる。

「和菓子職人の杏崎かの子です」

自己紹介をしたのはいいけど、自分でも分かるくらい硬かった。言葉も表情も硬すぎる。澪が身構えている。いきなり雰囲気が重くなってしまった。

かの子は口下手だ。また、弟や妹がいないこともあって、子どもの相手には慣れていなかった。

最初の挨拶で躓《つまず》くと、修正が難しくなる。どう話していいか分からなくなる。どんな顔を作ればいいのか分からない。焦れば焦るほど、顔と気持ちが強張《こわば》っていく。

そのとき、小さな奇跡が起こった。しぐれとくろまるの顔が思い浮かび、声が聞こえたのだ。

かの子なら平気ですわニャ。

姫、余裕でございまするニャ。

そうだった。弟と妹はいないが、ふたりがいた。本当はずっと年上だけど、可愛らしいちびっ子たちだ。思い出しただけで頬が緩んだ。

かの子は、しぐれとくろまるに話しかけるつもりで言った。

「今日はお見舞いにお菓子を持ってきたの」

「ありがとうございます」

礼儀正しい少女だった。しぐれのように生意気でも、くろまるのように気難しくもない。ただ、嘘もつけないようだ。お菓子なんか食べたくないと、澪の顔に書いてあった。かの子から目を逸《そ》らしている。

「澪ちゃん――」

注意しようとする久子を、かの子は目で制した。大丈夫です、と声に出さずに伝えた。食べたくないと言われるのは、経験したばかりだった。くろまるやしぐれと初めて会ったときなんて、拒絶されて真夜中の鎮守の森に逃げられた。あのときよりは、ずっといい。

「持ってきたお菓子ね、澪ちゃんのおばあちゃんと一緒に作ったのよ」

めげずに話しかけると、すぐに反応があった。

「え？　おばあちゃんと？」

「それから、澪ちゃんにも手伝ってもらったの」

そう答えると、ため息をつくように声が沈んだ。

「……私、何もしてないよ」

かの子の言葉にがっかりしたようだ。嘘をつかれたと思ったのだろう。大人は、子どもによく嘘をつく。そして、子どもは、大人の嘘をちゃんと見抜く。『子ども騙《だま》し』という言葉があるけれど、言うほど騙されやしないのだ。

でも、嘘じゃない。かの子は、澪を騙していない。

「ううん。手伝ってもらったの」

かの子は、首を横に振った。持ってきた和菓子は、澪がいなかったら作れなかったものだ。

「これを見てくれれば分かるから」

紙袋から菓子箱を出し、それを開けた。爽《さわ》やかで甘い香りが、病室いっぱいに広がった。

春のにおいがする。

この和菓子を見せたとき、朔はそう言った。かの子が作ったのは、まさに春の和菓子だった。

「草餅《くさもち》です」

春の季語にもなっている和菓子を紹介した。

「雛祭《ひなまつ》りに供える和菓子でもあるので、三月三日は『草餅の節句』とも呼ばれているんです」

あこや餅《もち》と同じように、女の子にぴったりの和菓子だった。

「これを作るのを、私が手伝ったの？」

澪が首を傾げると、久子が答えた。

「そうよ。澪ちゃんがいなかったら、作れなかったんだから」

「よく分かんない」

澪が狐につままれたような顔になった。クイズを出しているわけではないので、かの子は引っ張らずに説明を加えた。

「この草餅には、母子草を使ったんです」

現代では、草餅には蓬《よもぎ》を使うのが一般的だ。あえて母子草を使ったのは理由があった。

「母子草って、ゴギョウのことだよね？」

ぴんと来た顔で聞き返してきた。澪は察したようだ。

「うん。ゴギョウ。よく知っているね」

わざと砕けた口調で言うと、少女は誇らしげな顔をした。そして、かの子が草餅に母子草を使った理由の一つを言った。

「うちの畑にあるの。澪が育てたんだよ」

ゴギョウとも呼ばれる母子草は、春の七草の一つだ。珍しい草ではなく、日本各地の路傍や田畑などでごく普通に見ることができる。梅田家の畑にも生えていた。

それに気づいたのは、雑草むしりを手伝ったときだ。たくさん母子草が生えていた。畑に生えてきた場合、抜いてしまうことも多いが、久子はそれを抜こうとせず、むしろ育てているように見えた。

不思議に思っていると、久子が教えてくれた。

――抜いてしまおうと思ったんですけど、澪が母子草に興味を持ちましてね。

澪は好奇心旺盛《おうせい》で、いろいろなものに興味を持つ。特に植物は好きらしく、畑の隅に生えている草にまで気を引かれたようだ。畑仕事をする久子に質問したという。

――これ、なんて草？

――母子草。ゴギョウとも呼ばれているの。春の七草の一つよ。

――春の七草？　じゃあ食べられるの？

――そうよ。

梅田家では、正月七日に七草がゆを作る習慣があった。だから、澪は「春の七草」という言葉を知っていた。食べたこともある。

その七草がゆに入れる母子草は、この畑で採れたものだった。七草がゆを作るために、わざと抜かずにおいたのだ。

ただ正直なところ、そろそろ抜いてしまおうかと久子は思っていた。澪と二人だけの家族に、こんなにたくさんの母子草はいらない。正月に食べるにしてもスーパーで買えばいい。

そう話したところ、澪が猛反対した。

――畑のがいい！　このゴギョウで作ろうよ！　パパとママがいたときと同じのを作ろうよ！　澪が育てるから抜かないで！

澪にとって、畑の母子草で作った七草がゆは思い出の料理なのだ。両親が生きていたころの記憶が残っているのだろう。

変えたくないという気持ちも分かった。それに畑で野菜を作っているが、農業で生計を立てているわけではない。趣味のようなものだったし、母子草を育てるくらいの場所はあった。

――じゃあ、澪ちゃんに任せるわよ。

――うん！

澪は張り切った。ただ任せると言っても、母子草は放っておいても育つものだ。久子自身、母子草の世話などしたことはなかった。それでも澪は気にかけ、元気がないときには水をやったりと、枯れないように気を配っていたという。

かの子の作った草餅をまじまじと見て、澪が感心したように言った。

「これ、ゴギョウで作ったんだ」

それから、その言葉を言った。かの子や久子が待っていた言葉だ。

「食べてもいい？」

興味を持ってくれた。食べようと思ってくれた。

ゴギョウの新芽をやわらかな綿毛でくるむ姿が、母の慈愛を思わせるところから『母子草』の名前が付いたと言われている。久子は祖母だが、澪を愛する気持ちは母親にも劣らないはずだ。

無償の愛。

それが、母子草の花言葉の一つだ。子どもは、無償の愛を注がれて大きくなっていく。かの子もそうだったし、きっと澪もそうだ。

「たくさん食べて。母子草は、蓬より苦味が少ないの。だから、普通の草餅よりも食べやすいはずよ」

「ゴギョウって、すごいね。いっぱい食べちゃおう」

澪は笑いながら言った。そして、かの子の作った草餅に手を伸ばした。

「いただきます」

よかった。本当によかった。澪に食べてもらえる。しかも、かの子の作った和菓子を見て、少女は笑顔になった。

何とかなったようだ。木守の要望に応《こた》えることができた。

そう思ったとき、廊下のほうから咳払《せきばら》いが聞こえた。視線を向けると、入り口の扉の前に、七十歳くらいの狐顔の男性が立っていた。

予想もしなかった人間が、かの子の前に現れたのだった。

○

その男性は、白髪を綺麗《きれい》に撫《な》でつけて、渋い紺色の着物を着ていた。それから右手に、とんぼ柄の風呂敷《ふろしき》包みを持っている。

狐顔でずいぶんと痩《や》せているが、目鼻立ちが整っていて着物のモデルのようにも見える。定番柄の風呂敷包みさえ上品に見えた。

かの子は、その男性を知っていた。澪も知っていたらしく呼びかけた。

「竹本のおじいちゃんだ！」

和菓子作りの名人、竹本和三郎であった。竹本菓子店の先代――つまり、新の父親だ。さらに言うと、かの子の祖父の弟弟子でもある。

隠居してから店には顔を出さなかったが、会ったことがないわけではない。何度か挨《あい》拶《さつ》をしているし、祖父の葬式にも来てくれた。

その竹本が、病室に入ってきた。こんにちは、と久子と澪に軽く挨拶してから、かの子に声をかけた。

「邪魔したようだね」

言葉遣いの荒かった祖父と違い、竹本は温和なしゃべり方をする。人間国宝級の名人でありながら、威張ったところのない穏やかな性格の持ち主だった。まさに老紳士で、息子の新のように嫌みも言わない。

「いえ。大丈夫です」

そう答えたが、何が大丈夫なのかは謎だ。すっかり緊張していた。竹本和三郎が顔を出すなんて聞いていない。しかも、病室のテーブルには、かの子の作った草餅《くさもち》が広げてあった。

さりげなく草餅を隠そうとしたが、間に合わなかった。竹本が目をやり、誰に聞くともなく問うた。

「これは？」

「草餅だよ。かの子お姉ちゃんが作ってくれたの」

澪がバラしてしまった。これだけでもショックなのに、少女はとんでもない提案をしたのだった。

「おじいちゃんも食べようよ」

ここが病室じゃなかったら、叫んでいたところだ。隠居したとはいえ、竹本は日本を代表する和菓子職人の一人だ。祖父の弟弟子だろうと、半人前のかの子にとっては雲の上の存在である。しかも息子に店を譲った後、東京から離れていたこともあり、指導してもらったことも、作った和菓子を見てもらったこともなかった。

そんな人間国宝級の名人が、かの子の作った草餅を見て言った。

「美味《おい》しそうだねえ」

「うん。すっごく美味しいやつだよ。澪もまだ食べてないけど」

澪がハードルを上げた。恐ろしい台詞《せりふ》だった。

かの子が口を挟む暇もなく、竹本は話を進めた。

「それじゃあ、一つもらおうかね。澪ちゃんも一緒に食べないかい？」

「うん！」

作り主であるかの子を蚊帳《かや》の外に置いて、和気藹々《あいあい》と食べ始めた。母子草で作った草餅を口に運び、味わうように咀嚼《そしゃく》する。

先に食べ終わったのは澪だ。草餅を一つ完食し、感想を言った。

「美味しい！」

今度こそ、ほっとした。だけど、それは心の底からの安心ではなかった。竹本が気になって仕方なかった。それは、雲の上の存在だからという理由だけではない。この草餅に秘密があった。

母子草は、蓬《よもぎ》ほど香らない。砂糖は控え目にしたほうがいい。言うのは簡単だが、その加減は難しい。経験も必要だ。言い訳するようだけれど、試行錯誤する時間もなかった。だから、かの子は竹本和菓子店の——正確には、新の味を真似た。

名店の味を真似るのは、珍しいことでもなければ責められることでもないのだが、当の父親に出すのは気まずい。ましてや自分は、店を追われた人間なのだ。

草餅を食べ終えた後、竹本がちらりとこっちを見た。その視線で分かった。かの子が味を真似たことに気づいている。

しかし、そこには触れず、草餅を褒めてくれた。

「母子草の香りがいい。よくできているね」

竹本は嫌みを言うタイプではないが、その言葉を素直に受け取っていいのか分からない。どう返事をすべきか迷っていると、澪の声が割り込んできた。

「うちの畑のゴギョウだよ。私が育てたんだ」

草餅を「美味しい」と言ったときより、声が弾んでいる。梅田家の畑の母子草で草餅を作ったことが功を奏したようだ。

ただ、このまま澪が手術に立ち向かえるかは分からない。一時的に元気になっただけで時間が経てば、ふたたび、しゅんとなってしまう可能性もある。お見舞いで賑《にぎ》わっているときだけ病人が元気なのはよくある話だ。

かの子は、澪に言葉をかけたかった。朔やくろまる、しぐれが自分を元気づけてくれたような言葉を、がんばろうと思えるような言葉を澪に贈りたかった。

――手術、がんばってね。

イマイチだ。無難すぎるし、怖がっていた気持ちを思い出してしまうかもしれない。せっかく元気になったのに台なしだ。

言葉をさがして考え込むかの子をよそに、竹本が右手に持っていたとんぼ柄の風呂敷包みをテーブルに置いた。

「おじいちゃんも、お土産を持ってきたんだよ」

「お土産?」

「澪ちゃんのために和菓子を作ったんだ」

そう言いながら、とんぼ柄の風呂敷包みを解いた。すると、菓子折らしき白い箱が現れた。

忘れてはならないことだが、テーブルにはかの子の作った草餅が置いてある。その隣に、竹本和三郎の和菓子の入った箱が並べられたのだ。

(なんてことを……)

呻《うめ》き声を上げそうになった。隣に置かないで欲しかった。これでは比べられてしまう。この場から逃げ出したかったが、竹本に捕まった。

「かの子ちゃんも食べてみないかね」

「……ありがとうございます」

他に返事のしようがない。

こうして、かの子は逃げ遅れた。新の味を真似て作った草餅が、竹本和三郎の和菓子と比べられることになったのであった。

木守

木守はとりのこされた柿の実のこと。武者小路千家《むしゃこうじせん》から高松《たかまつ》松平家《まつだいら》に献上された、利休《りきゅう》ゆかりの長次郎《ちょうじろう》作赤茶碗《ちゃわん》「木守」（関東大震災で焼失）を由来とし、渦巻の焼き印は、長次郎の茶碗の巴高台《ともえこうだい》を模したものです。麩《ふ》の焼き煎餅《せんべい》の周りに、和三盆糖で作った蜜《みつ》をひと刷毛《はけ》塗り、中に柿餡《あん》を挟んだ、美味しい菓子です。

「一日一菓」新潮社

「お菓子がいっぱいになっちゃったわねえ」

久子が竹本の菓子折を見て、おっとりとした口調で言った。澪が元気になったからだろう。表情と声に余裕があった。

「うん！　すごいね！　食べ比べできるね！」

少女がうれしそうに言うが、かの子のダメージは大きくなった。人間国宝級の職人が作った和菓子と比べないで欲しい。お願いだから、食べ比べなんて恐ろしいことをしないで欲しい。

だが、その願いは叶《かな》わなかった。

「おじいちゃん、開けてもいい？」

「ああ。いいとも。澪ちゃんのために作ってきたんだから、たんと食べておくれ」

トントン拍子に話が進み、澪が菓子折を開けた。開けてしまった。竹本和三郎の和菓子が姿を見せた。

入っていたのは、小さな大福だった。かの子の作った草餅よりも、さらに一回りも二回りも小さい。苺《いちご》くらいの大きさだ。

「ちっちゃくって可愛い」

澪が笑い出した。それくらい愛らしい大福だった。どことなく澪を思わせる形をしている。竹本のことだから、わざとそんなふうに作ったのかもしれない。

その一方で、かの子は首を傾げていた。この和菓子を見たことがなかったのだ。竹本和菓子店には置いていない。

自分が知らなかっただけだろうかとも思ったが、さすがに店員だったのだから商品は把握している。特に、竹本和三郎が考案した和菓子には注意を払っていた。

すると、竹本がその疑問に答えるように言った。

「澪ちゃんのために新しく作ったんだよ」

なんと、竹本和三郎の新作であった。日本中、いや、世界中の和菓子好きが、大金をはたいてでも食べたがるだろう。

(でも)

かの子は首をひねった。名人の新作にしては、何と言おうか、ありきたりに見えたのだ。失礼を承知で言ってしまえば、ただの小さな大福である。さほど珍しいものではない。

まあ、澪がよろこんでいるので、これでいいのか。

そんなふうに納得していると、竹本が軽く手を叩《たた》いた。

「見てないで食べておくれ」

「うん！　お姉ちゃんも食べよっ！」

澪に誘われた。ありがたい誘いだ。和菓子職人の端くれとして、竹本和三郎の新作には興味があった。ありきたりの大福だろうと、勉強になるはずだ。

「いただきます」

遠慮することなく、かの子は大福を手に取った。そして、今さら気づいた。すごく白い。

大福は、あんが透けて見えることが多い。この皮の薄さなら、必ず見えるはずだ。しかし、中に入っているはずの小豆《あずき》が見えなかった。

(白あん?)

苺大福という可能性もあるが、それにしては小さすぎる。いや、病人向けに苺を小さく切って作ったのかもしれない。白あんで包《くる》むようにすれば、苺も透けて見えにくくなる。

小さな苺大福。

きっと、そうだ。苺ではなく、葡萄《ぶどう》や杏《あんず》、メロンなどを包《くる》んでいるパターンもあり得るが、とにかく果物入りの大福に違いない。かの子は、見当をつけて手に取った大福を食べた。

だが、違った。

「——え?」

声が漏れた。不意打ちだ。この味は、驚きだ。大福に入っていたのは、小豆あんでも、ただの白あんでもなかった。苺でもない。葡萄でも杏でも、メロンでもなかった。

果物を使ったという予想は外れていなかった。でも、まさか、あれを大福にするとは。

自分には思いつかない。

思いついたとしても、こんなふうに作る技術がない。果物をくるんだだけの、ただの小さな大福だと思った自分が恥ずかしい。

お見舞いに来たことも忘れて、食べかけの大福を凝視していると、先に食べ終えた澪が声を上げた。

「これ、柿だよね？　柿のあんこが入っているんだよね？」

少女は目を丸くしていた。食べたことのない味なのだろう。柿は柿でも、ただの柿ではなかった。

「その通りだよ、澪ちゃん。干し柿を使ったんだよ」

竹本が、秘密を打ち明けるように答えた。それが、この可愛らしい大福の正体だった。

干し柿入りの大福だ。


和菓子の甘さは、干し柿をもって最上とする。


古来、そんな教えがある。干し柿よりも甘くしてしまうと、和菓子の風味が損なわれるという意味だ。

「澪ちゃんは、干し柿が大好きなんだってね。おじいちゃんも大好きで、大福にしてみたんだよ」

少女に話しかける竹本の声はやさしい。ちなみに、現代では甘柿ばかりが店に並んでいるが、古来、流通していたのは渋柿だ。甘柿は鎌倉《かまくら》時代に突然変異種として登場したもので、それまでは熟柿《じゅくし》や干し柿にして食べられていた。

さらに付け加えると、梅田家の畑にあるのも渋柿の木だ。久子と澪は、毎年のように干し柿を作っているという。

「干し柿をそのまま食べたほうが美味《おい》しいかもしれないけど、それじゃあ、おじいちゃんの腕の見せどころがなくなっちゃうからね」

冗談めかして、竹本は言った。そのまま食べたほうが美味しいという言葉は、もちろん謙遜《けんそん》だ。干し柿をただ包むのではなく、白あんと練り合わせる。そうすることによって、干し柿の甘さが十分に活《い》かされている。

本当に美味しい。そして、見た目も美しい。味わえば味わうほど、見れば見るほど、竹本の技術の高さを感じる。

干し柿あんの大福をしみじみと味わっていると、竹本が何の前触れもなく呟《つぶや》いた。

「木守《きまもり》」

またしても不意打ちだった。

驚きのあまり声が出そうになり、慌てて口を押さえた。竹本が、柿の木の妖《あやかし》を知っていると思ったのだ。

世の中には、かの子の他にも妖や幽霊を見ることのできる人間がいる。霊感があると言っていいのか分からないが、鋭い人間は存在する。竹本が、その一人であってもおかしくはない。現に、久子も朔を見て鎮守だと気づいた。

「かの子ちゃんは、木守を知っているだろ？」

断定する口調で問われた。やっぱり、かの子が妖が見えることを知っているのだ。今まで誰かに、妖が見えることを話したことはなかった。祖父や両親にも口止めされていたし、かの子自身、話さないほうがいいと思っていた。

だけど、こんなふうに聞かれたら答えるしかない。返事をするしかない。

「は……はい。知っています。柿の――」

妖と言いかけたところで、竹本が大きく頷《うなず》いた。そして、

「そう。柿の和菓子だ」

と、言ったのだった。

（……危ないところだった）

かの子は胸を撫《な》でおろす。もう一歩で、秘密を口走るところだった。妖が見えるなんて普通の人間相手に言ったら、空気が凍りついてしまう。

九死に一生を得た思いのかの子を尻目《しりめ》に、竹本は説明を始めた。

「香川県高松市の『三友堂《さんゆうどう》』という老舗《しにせ》に、そういう名前の銘菓があるんだよ」

さまざまな媒体で紹介されている有名な和菓子だ。

「柿あん入りの麩《ふ》焼煎餅《せんべい》と言おうかねえ。小豆こしあんと干し柿を練り合わせたものが挟まれているんだ。表面に押された渦巻の焼き印が特徴的な銘菓でね」

かの子も食べたことがあった。サクサクと軽い麩焼煎餅の食感と、まったりとした柿あんの相性は抜群だ。

「茶席菓子としても好まれていて、抹茶ともよく合うと評判の和菓子だよ」

そこまで話してから、竹本はいたずらっ子のような笑みを浮かべた。

「三友堂さんの木守と張り合ったわけじゃないが、干し柿あんの大福を作ってみたんだよ」

なるほど。竹本の大福には、確かに、白あんに干し柿を練り込んだものが包まれていた。

「三友堂さんのもう一つの銘菓、『木守柿』という菓子にも似ているはずだよ。お手本にして作ったからね」

そんなふうにも言ったけれど、竹本の作った大福のほうが干し柿の風味が利いている。白あんは控え目で、干し柿だけであんを作ったと錯覚しそうな味だ。

和菓子としての味は『木守』や『木守柿』のほうが上だろうが、干し柿を前面に押し出したのには理由があった。

「おじいちゃん、すっごく美味しかった」

澪が絶賛すると、竹本が真面目な顔になった。

「そりゃそうだろう。自分で作ったんだから」

「え?」

きょとんとする少女に、和菓子作りの名人は言った。

「草餅《くさもち》と一緒だよ」

そうか。そういうことだったのか。竹本がこの大福を作った意図が、かの子にもようやく分かった。

「澪ちゃんの畑の柿で作ったんだよ」

それが、竹本の工夫だった。木守の柿――ずっと梅田家を見守ってきた柿の木の実で、この大福を作ったのだ。

「かの子ちゃんの真似をしたみたいになっちゃったね」

竹本は肩を竦《すく》めて見せるが、発想は似ていても技術が違いすぎる。また、彼の仕込みは大福だけではなかった。

「来年は、この柿で羊羹《ようかん》を作ろうと思っているんだよ」

「柿の羊羹って美味しい?」

「ああ。美味しいとも。すごく美味しいよ」

断言してから、秘密を打ち明けるような口調で続けた。

「澪ちゃんのおばあちゃんの大好物なんだよ」

この一言は効いた。

「本当？」

澪が、祖母の顔を見た。久子が、こくりと頷いた。無言で何度も頷いている。竹本が何を言おうとしているのか分かったのだろう。

「おじいちゃん一人だと、ちゃんと作れるか分からないんだ。おばあちゃんの気に入るような柿羊羹を作るのは難しいからねえ」

しばらく困った顔で腕を組んでから、助けを求めるように竹本は聞いた。

「澪ちゃん、手伝ってくれないかね？」

「うん！　いいよ！　手術が終わったら手伝うね！」

○

澪のお見舞いを終えて、かの子は病室を出た。久子は、もう少し澪のそばにいるということだ。竹本と二人で、病院の外に向かって歩いていた。

このとき初めて、澪の病室で竹本とかち合ったことが、偶然ではなかったと知る。

「今日、かの子ちゃんがお見舞いに来ると、久子さんから聞いてね」

竹本が言った。澪が食欲を失っていることを、彼にも相談していたのだ。古くからの知り合いのようだし、澪も懐いている。しかも、頼りがいのあるタイプだ。久子が竹本に相談したのは、当然と言える。

「もっと早くお見舞いに来るつもりでいたんだけどね、あまり体調がよくなかったんだよ」

言い訳するように続けた。店を新に譲ったのも、健康面で不安があったからだ。言われてみれば、また少し瘦《や》せたような気がする。

大丈夫ですかと聞こうとしたが、その言葉を拒むように竹本が話を進めた。

「もちろん澪ちゃんのことも心配だったが、どうしても、かの子ちゃんに話しておきたいことがあって来たんだよ」

思いがけない言葉だった。竹本和三郎が自分に会いに来たと言っているのだ。

「私に話ですか？」

「聞いてくれるかね」

竹本は、今までに見たことがないくらい申し訳なさそうな顔をしていた。その顔のまま、かの子に言った。

「店に戻ってきてくれんかな」

これが、竹本の話だった。なんと、竹本和菓子店に復職して欲しいと請われたのだった。

○

かの子が竹本と話した数時間後のことだ。しぐれとくろまるが、御堂神社で怒っていた。

「それで、竹本和菓子店に戻っていったのですのっ⁉」

「姫を見損ないましたぞ！」

日が暮れようとしているが、かの子は神社に帰ってこない。一度は顔を出した。澪の見舞いを終えた後、朔に事情を話しにきた。竹本老人に頭を下げられた、ということも話してくれた。解雇を取り消したいと言われたそうだ。

今の竹本和菓子店の主人は新だが、すべての権限を息子に譲ったわけではない。それにもかかわらず、竹本が体調を崩して東京を離れている間に、新が勝手にかの子を解雇してしまったのであった。

竹本にしてみれば、かの子は兄弟子の孫だ。恩義もあるだろうし、かの子の和菓子作りの腕も買っていた。解雇を取り消そうとして、澪の見舞いついでに会いに来たということだ。

「必要とされているのなら、竹本和菓子店に戻ったほうがいい。おまえは、おまえの人生を歩め」

朔はそう言った。相変わらず無表情だっただろうし、突き放すような口調になっていただろう。

すると、かの子は口を閉じた。しばらく考えるような顔つきで黙った後、独り言を言うように呟《つぶや》いた。

「そうですね」

そして、神社から去っていった。「さよなら」も言わずに行ってしまった。しぐれやくろまるが知らない間に起こった出来事だ。

朔の説明を聞いても、ふたりの怒りは収まらない。

「鎮守の借金を踏み倒すなんて、いい度胸ですわねっ！ 末代まで呪って差し上げますわっ！」

「これぱかりは、しぐれの言うとおりですぞっ！ 姫ともあろうお方が、あんまりでございますっ！」

今にも連れ戻しにいきそうだった。だが、ふたりは勘違いをしている。かの子はそんな真似をする人間ではない。

「踏み倒したんじゃない。おれが、もう返さなくていいと言ったんだ」

しぐれが、目を丸くした。

「一億一千万円の借金を返さなくていいなんて――」

「ただとは言ってない。その代わり、かのこ庵をもらうことにした」

その条件を伝えたとき、かの子は返事をしなかった。神社から出ていったのだから、たぶん、それが返事なのだろう。

借金がなくなれば、ここにいる必要はない。人の世界に戻ったほうがいい。和菓子職人になる夢を追いかけたほうがいい。妖《あやかし》や幽霊と関係のない場所で幸せになったほうがいい。

「そんな——」

「若——」

しぐれとくろまるが食い下がるが、朔はもう聞いていなかった。ただ、昔のことを思い出していた。

うさぎ

「うさぎ追いしかの山……」（「ふるさと」）、「うさぎうさぎ何みてはねる……」（「うさぎ」）と童謡に歌われるように、うさぎは誰にとっても親しみやすい存在だろう。菓子の木型や焼印の意匠にも、跳ねたり、すわったり、様々な姿が取り入れられている。饅頭《まんじゅう》では、卵形にして焼印で耳をつけ、箸《はし》の頭で赤い目を入れたものがあり、南天の葉と実で作る雪うさぎのような愛らしさだ。

「事典 和菓子の世界 増補改訂版」
岩波書店

御堂家の歴史は古い。家伝を信じれば、安倍晴明まで遡《さかのぼ》ることができるという。もちろん直系ではなかろうが、とにかく陰陽師《おんみょうじ》の血筋だ。

それが、どんな紆余曲折《うよきょくせつ》を経たのか江戸時代の終わりごろに鎮守となり、今に至っている。

御堂神社には人もやって来るが、その何十倍もの妖や幽霊が訪れる。くろまるやしぐれという眷属《けんぞく》もいる。この世とあの世の境目にあるような、不思議な場所だった。

朔が物心ついたときには、すでに祖父母は他界し、父母と自分、くろまる、しぐれで暮らしていた。そのころの朔は今のように無表情ではなかった。両親と一緒の暮らしは幸せで、よく笑っていた。

だけど、誰かが楽しいときには、他の誰かが無理をしていることがある。子どもだった朔は、そのことに気づかなかった。母が無理をしていることに気づかなかった。

陰陽師の血を引く父や朔は、妖だろうと幽霊だろうと怖くない。しかし、母は普通の家庭に生まれた、普通の女だった。妖や幽霊が現れるたびに怯《おび》えていた。態度に出さないようにしていたが、くろまるとしぐれにも恐怖を抱いていた。人間は闇を怖がるものだから、闇に暮らすものを怖がるのは仕方のないことだ。

人の心は、少しずつ壊れていく。大丈夫、何でもない、と痛みや苦しみを誤魔化しているうちに、手遅れになってしまうこともある。

ある日、母が倒れた。心より先に、身体が悲鳴を上げたのだ。しばらく起き上がることさえできなくなった。

くろまるもしぐれも、他人を疑うことを知らない。母が倒れて初めて、自分たちが怖がられていたことに気づいた。

「貧弱な女を嫁にもらうから、こうなるのですわ！　こんなことで倒れるなんて、ありえませんわ！　もう、うんざりですわ！　もう付き合いきれなくてよ！　顔も見たくありませんわ！　くろまる、ここから出ていくわよ！　眷属なんて、やっていられないわ！」

「御意にございまするっ！　我も愛想が尽きましたぞっ！」

母を怒鳴りつけ、神社から離れようとした。もちろん本気で罵《ののし》ったわけではない。妖や幽霊に怯える母の負担を少しでも軽くしようとしたのだ。

このふたりは嘘が苦手だ。大声で罵っても、どんな悪態をついても、やさしい気持ちが透けて見えてしまう。

母もしぐれとくろまるの本心に気づいた。

「そんなの駄目！　出て行っちゃ駄目！　絶対に駄目よ！」

必死の形相で止めた。普通の家庭で育った普通の女だが、鎮守の妻として妖や幽霊のことを知っていた。

妖や幽霊のほとんどは、決まった土地でしか暮らせない。特に、長い間、一所《ひとところ》で暮らしていた場合はそうだ。その地から去ることは、現世からの消滅を意味する場合が多かった。

くろまるとしぐれも例外ではない。ふたりとも、消えてしまう危険があることを承知していた。承知していながら母のために、この神社から立ち去ろうとしていたのだ。

「神社から離れたら消えちゃうっ！」

その声は悲鳴のようだった。母は、くろまるとしぐれのことが好きだった。心やさしい妖と幽霊だということも知っている。

しかし、恐怖は理屈ではない。怖くないと頭で分かっていても、心と身体が怯えていた。ふたりを止めながらも、母の身体は震えている。

「我らがいては、奥方の身体が保《も》ちませぬぞ！」

「そうよ！　死んじゃうわよ！」

あながち言いすぎではなかった。実際、母の心と身体は限界にきていた。満足に眠ることもできず、食事もままならない。

「大丈夫。あなたたちのことを怖がるほうが間違っているんだから。怖がる必要なんてないんだから。――怖くないわ。もう怖くない」

自分に言い聞かせるように言ったが、母の声は震えていた。

父は、困り果てていた。くろまるとしぐれは眷属として、江戸時代から神社で暮らしている。御堂神社の一部と言っても過言ではなかった。追い出せる存在でもなかったし、情も移っている。父も、くろまるとしぐれが好きだった。大好きだった。

それに、くろまるとしぐれが出ていったところで妖や幽霊が訪ねてくるのだから、何の解決にもならない。

そんなことがあった数日後、母がふたたび倒れた。呼吸がおかしくなり、救急車で病院に運ばれた。幸いにも大事には至らなかったが、心臓がひどく弱っていると医者に言われた。このままだと命にかかわるとさえ言われた。

「これまでか」

父は呟《つぶや》いた。その声は苦渋に満ちていた。母の命を救うために、やらなければならないことがあった。捨てなければならないことがあった。ずいぶん前から、そのことに気づいていたのだ。

朔が十歳のときのことだ。父に問われた。

「神社を頼んでいいか」

質問の意味は、すぐに分かった。父は鎮守を息子の朔に譲り、母と外国に行くことにしたのだ。

もともと、父は〝力〟が弱かった。妖や幽霊を見ることはできたが、例えば、式神は使えない。だから祖父が生きていた間は〝力〟を借り、その後は、まだ幼かった朔の力を当てにした。父一人では、妖や幽霊の訪れる神社を守れないだろう。

「おまえ一人で神社を守って欲しい」

こうなることは分かっていた。いずれ、こう言われるだろうと思っていた。

「いいよ」

朔は、そう答えた。そう言うしかなかった。

母は朔を連れて行きたがったが、鎮守がいなくなってしまう。朔自身も、妖《あやかし》や幽霊を見捨てることはできなかった。

そのころから大人びていたが、まだ十歳の子どもだ。両親と離れるのは悲しかった。父母がいなくなってしまうと思うだけで、涙があふれそうになる。寂しくてやり切れない気持ちになる。

しかし、泣くわけにはいかない。自分が悲しむと、くろまるやしぐれが傷つく。神社を訪れる妖や幽霊たちだってそうだ。多くの連中は、母が倒れたことに責任を感じていた。朔が泣くのを見たら悲しむだろう。

だからと言って、笑うことはできない。両親がいなくなってしまうのだから、笑えるはずがなかった。

朔は無力だった。鎮守としての〝力〟を持っていても、悲しい気持ちの前では役に立たない。それでも、自分にできる精一杯のことをやった。

「一人で大丈夫だよ」

朔は、父に嘘をついた。

「ぼくは、鎮守だから寂しくないんだ。寂しいなんて思ったこともないし」

母にも嘘をついた。

こうして、両親と離れて暮らすことになった。この日から、朔は笑っていない。笑うことができなくなってしまった。

両親がいなくなって間もなくのことだった。

夕方すぎ、一匹の三毛猫が神社の境内に入ってこようとしていた。朔には、ただの猫ではないと分かった。たぶん、猫の姿を借りた妖だ。

たぶんと言ったのは、妖力《ようりょく》のほとんどを失っていたからだ。くろまると同じように、もう二度と妖の姿には戻れないだろう。もはや、普通の猫と変わりがない。朔の〝力〟をもってしても、もともと何の妖だったのかも分からないほどだ。東京には、こんな猫がたくさんいた。

三毛猫は、元気がなかった。しょんぼりと身体を丸めて、見るからに意気消沈していた。とぼとぼと神社に続く道を歩き、御堂神社の鳥居をくぐった。神頼みに来たようだ。

十歳だろうと、親と離れて傷ついていようと、朔は鎮守だ。神社を頼ってきた妖を放っておくことはできない。猫の姿をした妖に事情を聞こうと歩み寄りかけたときのことだ。三毛猫のうしろから声が上がった。

「そっか、お父さんとお母さんがいなくなっちゃったんだ」

人間の少女の声だった。朔は、とっさに木陰に身を隠した。それと同時に、見知らぬ少女が、三毛猫のうしろから神社の境内に入ってきた。

少女は、自分より年下みたいだった。人間にしか見えないが、妖である三毛猫としゃべっている。右手に紙袋を持っていた。

「うん。死んじゃった」

三毛猫が返事をした。少年のような声だった。少女の正体は分からないままだが、三毛猫がしょんぼりしている理由は分かった。

妖だろうと、永遠に生きるわけではない。病気にもなるし、自動車やバイクに轢《ひ》かれて死ぬこともある。

鎮守の出る幕ではなかった。落ち込んでいる理由が親の死なら、朔にはどうしようもない。死んだものを生き返らせることはできないし、元気づける言葉も持っていない。

三毛猫に会うことなく本殿に戻ろうとした。それを引き留めるように、少女の声がふたたび聞こえてきた。

「私もね、お父さんとお母さんが死んじゃったの。交通事故にあったんだ。それでね、今はおじいちゃんと二人で暮らしているの」

朔は、足を止めた。話し方は軽かったが、改めて少女を見ると、涙があふれかけていた。深い悲しみに打ちひしがれているのが分かった。

それなのに少女は、三毛猫を慰めようとしている。励まそうとしている。あふれ出る涙をこらえるようにして言った。

「でも、がんばるから。がんばって生きていくから」

がんばるという言葉は、抽象的で中身がないことも多い。それでも――中身がないと分かっていても、言ってしまうときがある。中身のない言葉に寄りかからなければ、立っていられなくなるときがある。

少女は、それほどの傷を負っているのだ。朔と違い、彼女は二度と両親に会うことができない。

死は、この世で最も残酷な別れだ。悲しみは、いつまでも癒《い》えることがない。その悲しみをこらえきれなかったのだろう。少女の目から、涙が頰を伝い落ちた。少女の深い悲しみが伝わってくるような涙だった。

「みゃあ」

三毛猫が励ますように鳴いた。自分も、がんばろうと思ったようだ。こんな小さな少女が、前を向いて生きていこうとしているのだ。何百年も生きている妖が、意気消沈しているわけにはいかない。

朔だってそうだ。鎮守としてできることをやらなければならない。がんばらなければならない。そのために神社に残ったのだから。そのために両親と離れたのだから。

「みゃん」

また、三毛猫が鳴いた。さっきよりも声が明るく、朔には笑って見せたように聞こえた。そして、その気持ちは少女に通じた。

「ありがとう」

涙をぬぐって微笑み、「あ、そうだ」と独り言を言いながら、右手に持っていた紙袋から和菓子を出した。

「よかったら、これを食べて」

うさぎに見立てた饅頭《まんじゅう》だった。『月うさぎ』や『雪うさぎ』という名称で売られていることもあるものだ。

「おじいちゃんが作ってくれたの。焼いた金串《かなぐし》で耳を描いて、寒天で作った赤い目をつけたんだって」

「みゃ」

「うん。美味《おい》しそうだよね。でも、おじいちゃんたら、このうさぎの顔が私に似てるって言うんだよ。ひどいよね」

むくれて見せたが、確かに似ていた。饅頭も少女も愛らしい。

「私に似たお菓子だけど、もらってくれる？」

「みゃん」

三毛猫は頷《うなず》き、うさぎ饅頭を食べた。今度は、誰の目にも明らかなほど、三毛猫の顔がほころんだ。

でも、何も言わなかった。少女に小さく頭を下げて、ゆっくりと背を向けた。そのまま神社から出ていこうと歩き始めたのだった。

「私もがんばるから、がんばって生きていくから。いつか、また会おうよ」

少女が声をかけたが、三毛猫は振り返らない。だが、その代わり、しっぽを小さく振った。朔には、指切りげんまんしたように見えた。がんばって生きていくことを、少女といつの日か再会することを約束したのかもしれない。

三毛猫がいなくなると、少女は座り込んでしまった。両親の死を思い出したのかもしれない。両腕に顔をうずめるようにして、声を殺して泣き始めた。

見守ることが鎮守の役割なのに、朔は見ていられなかった。気づいたときには、少女のそばに歩み寄り、言葉をかけていた。

「大丈夫？」

「え？」

少女は驚き、顔を上げた。朔が近づいたことに気づいていなかったようだ。それでも、返事をしてくれた。

「は……はい。だ、大丈夫です」

そして、朔の顔を見ながら立ち上がった。

大丈夫なら、それでいい。朔は本殿に戻ろうとした。すると、少女が紙袋を差し出してきた。

「こ、これ。食べてください！」

真っ赤な顔でそう言われた。朔は反射的に受け取った。ほんの一瞬、自分の手と少女の手が触れた。小さいけれど、温かい手だった。

「い……いえっ！　それじゃあ、あの……。か、帰りますっ！」

泣いているところを見られて恥ずかしかったのか、逃げるように神社から出て行った。

〇

少女からもらった饅頭は、その場では食べなかった。夜になるのを待って、くろまるとしぐれと分けた。そして、ふたりに頭を下げた。

「未熟な鎮守に力を貸して欲しい」

今まで一度も言ったことがなかった台詞《せりふ》だ。くろまるとしぐれは驚いた顔をしたが、すぐに返事をした。

「若っ！　いくらでも貸しますぞっ！」

「し、仕方ありませんわっ！　力を貸してあげないこともなくてよっ！」

ふたりは、朔の両親がいなくなったことに責任を感じて落ち込んでいた。ずっと、しょんぼりしていた。それが、この日を境に元気を取り戻した。少女からもらったうさぎ饅頭のおかげだ。

朔は相変わらず笑うことができないけれど、がんばって生きてきた。いつか、ふたたび、両親やあの少女に会える日が来ると信じて暮らしてきた。

その望みは、半分だけ叶《かな》った。父母にはまだ会えずにいるが、大人の女性になった少女とは再会することができた。しかし、彼女はこの神社に来たことをおぼえていないようだった。

このあたりには、たくさんの神社があるし、幼いころの記憶はおぼろげなものだ。かすかにはおぼえているようだが、まだ朔のことを思い出してはいない。


杏崎かの子。


朔がその名前を知ったのは、五年前のことだ。一人の老人が神社にやって来た。近くの病院から抜け出して来たらしく、病と薬のにおいがした。その老人こそが、少女の祖父だった。うさぎ饅頭を作った張本人でもある。

「もう長くないと医者に言われました」

神社の拝殿に手を合わせながら、自分の運命を語った。息子夫婦が交通事故で死んでしまったことや、孫娘が和菓子職人になったことも聞いた。饅頭茶漬けの話を聞いたのも、このときだ。

おのれの死期が迫っているというのに、老人が気にしていたのは孫娘のことばかりだった。少女の行く末を心配し、少女の幸せだけを祈っていた。

あの子が困っていたら、どうか、力になってやってください。
泣かないように見守ってやってください。
鎮守さまのご加護がありますように。

この老人が死ぬと、少女は独りぼっちになってしまう。朔と違い、両親と会うこともできない。

だが自分には、他人の運命を変える力などない。自分の母親の苦しみさえ取り除くことができなかったのだから、自分の無力さは承知している。

骨の髄まで分かっていたのに、拝殿に手を合わせる老人から目を逸《そ》らせなかった。老人を——少女を助けたいと思っている自分に気づいた。その気持ちを抑えることはできなかった。

朔は、姿を見せた。いきなり現れたのに、老人は驚かなかった。妖《あやかし》と話すことのできる少女の祖父なのだ。普通の人間にはない力を持っているのかもしれない。鎮守だということにも気づいたようだ。

「おまえの孫が、独りぼっちにならないように全力を尽くそう」

そう約束した。それから、一億円を貸したことにして、かのこ庵を建てた。少女と縁を結び、困ったときに力になるためだ。

老人の借金は、孫娘を独りぼっちにしないためのものだった。朔自身、少女が困らなければ、借用書を見せるつもりはなかった。もちろん借金を取り立てるつもりもない。やがて老人は他界し、大人になった少女は日本橋の和菓子店で働き始めた。朔は、声をかけることなく見守っていた。

このまま朔を必要とすることなく時間がすぎていくかと思ったとき、事件が起こった。少女は、仕事と住居を失ってしまったのだ。しかも、全財産をひったくりに奪われようとしていた。

老人との約束を果たすときが訪れた。見守るだけの自分に踏ん切りをつけて、天丸と地丸を使役した。

こうして少女――かの子と出会った。かのこ庵の店長を任せ、神社で一緒に暮らすことになった。

でも、その役割も終わった。あっという間に終わってしまった。一緒に暮らす必要もなくなった。かの子は、もう独りぼっちではない。

一度は仕事を失ったが、自分の力で取り戻した。和菓子作りの腕も名人に認められている。

心配することは何もない。朔がいなくても、やっていけるだろう。

最初から朔がいなくても大丈夫だったのかもしれない。

◯

日が沈み、夜がやって来た。妖や幽霊にとっては、一日の始まりだ。

くろまるとしぐれは、鎮守の森のどこかにいるようだ。いつもはうるさく話しかけてくるのに、姿を見せさえしない。朔がかの子を引き留めなかったことに、しつこく腹を立てているのだろう。

「話になりませぬぞ！」

「わたくし、今日はお休みをいただきますわ！」

そんな台詞を言っていた。

ふたりの気持ちは理解できたが、かの子には帰る場所があるのだ。誰もが羨《うらや》むような仕事場もある。一人前の和菓子職人になるという夢もある。自分の道を進もうとする人間の邪魔はできない。

この日、神社に参拝客はなかった。妖や幽霊が訪ねて来ないと、やることが何もない。自分の部屋で、かのこ庵のことを考える。かの子がいなくなった以上、あやかし和菓子処は閉店だ。和菓子を作る人間がいないのだから、さっさと取り壊すべきだろう。

「客はひとりだけだったな」

そう呟《つぶや》いたときだった。神社の敷地で物音が鳴った。鎮守である朔は、遠くの音も聞こえる。

「何の音だ？」

問うように呟いた。静かな神社で異音は珍しい。しかも、かのこ庵のほうから聞こえた。

「誰かいるな」

意識を集中させると、人の気配があった。妖や幽霊ではない、人間の気配だ。こそこそと、かのこ庵に入っていこうとしている。

戸締まりはしていないし、結界を張るのも忘れた。店に入るのは簡単だ。人間の子どもでも忍び込める。

かの子のスポーツバッグをひったくった男が思い浮かんだ。最近は物騒で、不届き者も多い。賽銭《さいせん》を盗まれたりと、神社が荒らされる話も珍しくない世の中だ。

「盗っ人だな。いい度胸だ」

舌打ちするように呟き、懐から白と黒の短冊を手に取った。

「天丸、地丸。出番だ」

投げてもいないのに、白と黒の短冊がひらひら、ひらひらと舞い上がった。朔は、それらに向かって命じた。

「不届き者を八つ裂きにしろ」

二枚の短冊は、瞬く間に二頭の大きな犬となり、音もなく着地し吠《ほ》えた。

「わんっ！」

「わんっ！」

いつもより凶暴な顔をしていた。人間どころか、妖さえ八つ裂きにしそうだ。

式神は、操り手の陰陽師——つまり、朔の心のありようを映し出す。この凶暴な顔が、自分の気持ちなのだ。

そう思った瞬間、いくらか冷静になった。八つ裂きにするのは、まずい。不届き者がどうなろうと知ったことではないが、神社を穢《けが》してしまうのは問題がある。朔は命令を改めた。

「生け捕りにしろ。怪我もさせるな」

天丸と地丸が、残念そうな顔をした。だが、逆らわない。

「……わん」

「……わん」

渋々といった風情で返事をし、かのこ庵のほうへ駆け出した。

安倍晴明の式神には及ばないだろうが、天丸と地丸も強い妖力《ようりょく》を持っている。人間相手なら、ものの三秒でボロ切れ同然にできる。生け捕りにすることなど、朝飯前だ。

「わんっ！」

何かに飛びかかったような気配があった。ドタバタと音も聞こえた。だが、瞬く間に制圧したらしく、すぐに静かになった。手ごたえのない相手だったようだ。

「行ってみるとするか」

朔は立ち上がり、かのこ庵に向かった。不届き者の顔を拝んでやるつもりだった。

○

予想通り、不届き者は取り押さえられていた。だが、その正体は意外だった。

「何の真似だ？」

朔は、不届き者に聞いた。天丸と地丸に生け捕りにされていたのは、神社の妖と幽霊――しぐれとくろまるだった。

「何もしていませんわっ！」

「冤罪《えんざい》でございますぞっ！」

騒々しく言い返してきたが、天丸と地丸に一喝された。

「わんっ！」

「わんっ！」

式神は嘘をつかない。二頭は、くろまるとしぐれを前足で押さえつけている。このふたりの犯行だ。間違いない。眷属《けんぞく》のくせに悪事をなそうとしたのだ。

「金を盗もうとしたのか？」

単刀直入に聞くと、ふたりは首を横に振った。

「若っ！　失礼でございますぞ！」

「そ、そ、そうよ！　わたくしが、お金を盗むと思いますのっ⁉」

くろまるはともかく、しぐれならやりかねないと思ったが、とりあえず、その指摘はせずにおくことにした。

「では、こんなところで何をしている？」

不届き者たちはうろたえた。

「さ、さ、散歩でございますぞっ！　歩くことは健康にいいと聞きましたぞっ！　老化防止ですぞっ！」

「わたくしは、ダイエットを始めましたのっ！　び、美容のためですわっ！」

健康？　老化防止？　ダイエット？　美容？

そんなものを気にする妖《あやかし》や幽霊はいない。やっぱり、このふたりは嘘が下手だ。しかも嘘に嘘を重ねて、自爆していく傾向にあった。

「天丸と地丸も痩《や》せたほうがいいですぞっ！」

「そ、そうよっ！　太っていると老化が早いという説もありますわっ！」

必死に話を逸《そ》らそうとしている。どこまでも下手くそだ。朔は戯《ざ》れ言を無視して、不届き者の尋問を続ける。

「もう一度だけ聞く。ここで何をしている？」

くろまるとしぐれの目を見て問うと、ふたり同時に目を逸らした。誤魔化そうとしたようだが、見た方向が悪かった。

ふたりの視線の先には、それがあった。

うさぎ饅頭《まんじゅう》。

店前の縁台に置いてある。

「これは何だ？」

朔が問いかけても、ふたりは返事をしない。とうとう黙り込んでしまった。

「質問に答えないということだな。いい度胸だ」

そう呟くと、くろまるとしぐれの顔が引き攣《つ》った。朔を怒らせてしまったと思ったようだ。だが、それでも口を噤《つぐ》んでいる。隠しごとをしているのは明白だ。

鎮守に隠しごとをする眷属は問題がある。少し脅してやろうと、朔は式神に命じる素振りを見せた。

「天丸、地丸――」

見事に引っかかった。ただし釣れたのは、神社の眷属ふたりではなかった。無人のはずのかのこ庵の戸が開き、彼女が飛び出してきた。そして、盾になろうというのか、くろまるとしぐれの前に身体を割り込ませた。

「もう庇《かば》わなくても大丈夫だからっ！　自分でちゃんと話すからっ！」

これには、さすがの朔も驚いた。竹本和菓子店に戻ったはずの杏崎かの子が現れたのであった。

○

半日前、夕方になる少し前のことだ。

かの子は、竹本和菓子店を訪れた。営業中だったので裏口から声をかけると、竹本和三郎本人が顔を出した。到着する時刻を事前に連絡したので、かの子が来るのを待っていてくれたようだ。

どう話を切り出そうかと考えながら歩いて来たのだが、その必要はなかった。かの子の顔を見るなり、竹本は残念そうに肩を竦《すく》め、挨拶《あいさつ》も抜きに言ったのだった。

「戻ってくる気はないんだね」

いきなり話が終わってしまった。竹本和菓子店に戻って来ないか、と病院で声をかけてもらって、迷わなかったと言えば嘘になる。日本を代表する名店で働けるのは魅力的だし、生活だって安定する。

だけど、かの子にそのつもりはなかった。

「はい。竹本さんの作った柿あんの大福を食べて分かりました」

自分の未熟さが、改めて分かった。新の味を真似て草餅《くさもち》を作ったが、竹本和三郎の作った大福とは雲泥の差があった。味が違いすぎた。あのとき、澪が草餅を食べてくれたのは、久子との思い出があったおかげだ。

それだけが問題なら、むしろ竹本和菓子店に戻ろうと思っただろう。新の味を自分のものにしようと精進すべきだ。

でも、それだけじゃなかった。もう一つ、大切なことが分かったのだ。やっと気づいたというべきか。

かの子が気づくずっと前から、竹本は見抜いていたようだ。

「杏崎玄の味と違うことが分かった、ということかな」

「はい」

竹本和菓子店の味は上品だ。甘さは控え目で、癖がない。新も、名人と呼ばれた竹本和三郎の味を受け継いでいる。

しかし、それは、かの子の祖父の味ではない。やっぱり違う。上手《うま》く説明できないが、よそゆきすぎる。かの子の目指す和菓子とは決定的に別物だ。

「そうだろうね。玄さんの味は、わたしにもせがれにも出せない。いつか、そう言われると思っていたよ」

ため息混じりに言ったのだった。

話が終わったかに思えたが、竹本は言葉を続けた。

「今さらだが、もう一つだけ言い訳をしてもいいかね」

「は……はい」

何だろうと思いながら頷《うなず》くと、竹本が二代目の名前を口にした。

「新のやったことだ」

病院で話したときと同じように、申し訳なさそうな顔になった。

「うちのせがれが、かの子ちゃんを解雇しただろう？　実はね、あれは間違いだったんだよ」

「間違い？」

「正確には、順番を間違えたんだ」

「順番……ですか？」

何を言おうとしているのか、まったく分からない。解雇に順番があるのだろうか？

「本当に申し訳ない」

かの子に頭を下げてから、説明を始めた。

「あいつは、かの子ちゃんの腕を買っている。うちの店の若手の中じゃあ、一番の職人だと言っていた」

意外な言葉だった。新がそんなふうに思っていたなんて、想像さえしたことがなかった。

「ただ、竹本和菓子店向きの職人じゃないことにも気づいていた。目指すものが違うようだと」

新は嫌みな男だが、馬鹿ではない。和菓子職人としても一流だ。かの子が祖父の味を目指していることに気づいても、不思議はなかった。

「いったん竹本和菓子店の雇用を解除して、他のところで修業させるつもりだったんだよ」

思い当たる節があった。あのとき、新は仕事を紹介しようとしていた。そうか、あれはアルバイトではなく、修業先を斡旋《あっせん》しようとしていたのだ。

新の言い方も悪いが、かの子も早とちりだった。嫌みを言われると決めつけて、ちゃんと話を聞かなかった。

「でも、他のところでって——」

祖父の味を教えてくれる店があるとは思えない。すると、竹本が事もなげに言ったのだった。

「わたしの店だよ」

「え？」

竹本和三郎の店は、竹本和菓子店ではないのか？

「秩父の山奥に隠居したんだが、あまりにも暇だから、小さな店をやることにしたんだよ。儲《もう》からないのを承知の上でやる年寄りの道楽だがね」

その話は知らなかった。竹本が隠居しているのは、駅から自動車で二時間以上もかかる本当の山奥だ。ただ温泉が出るので、いくつか旅館があるという。その旅行客を相手に和菓子を作るつもりのようだ。

「改めて聞くが、わたしの店で働かないかね。玄さんの味は出せんが、わたしは、あの人の和菓子をよく知っている。無駄にはならないはずだ」

竹本和三郎本人に誘われた。光栄なことだし、間違いなく勉強になる。祖父の味に近づけるチャンスだった。

でも、かの子は頷けなかった。修業する必要はあるが、今ではない気がした。かのこ庵は開店したばかりなのだ。それに。

みんなが笑顔になる和菓子を作りたい。

この夢に変わりはなかったが、ここ何日かの間に〝みんな〟の意味が変わった。笑顔にしたいのは、人間だけではないと気づいたのだ。妖や幽霊も笑顔にしたい。そんな和菓子を作りたいと思うようになっていた。

黙り込んでいると、竹本が察したように言った。

「そうか……。かの子ちゃんは、自分の居場所を見つけたんだね」

居場所。その通りだ。

「……はい」

頷きながらも返事に間が空いたのは、その居場所に受け入れてもらえるか分からなかったからだ。

かの子は、朔を思い浮かべた。彼に恋していることは——好きだということは、もう自覚している。

でも、朔が自分をどう思っているのかは分からない。今後、かのこ庵で働かせてもらえるだろうか？

その返事を聞くのが怖かった。

◯

竹本和菓子店を辞去して御堂神社の前まで帰ってきたはいいが、鳥居をくぐれずにいた。

日が沈んでしまったというのに、神社の前を行ったり来たりしている。かの子の脳裏には、朔に言われた言葉があった。

必要とされているのなら、竹本和菓子店に戻ったほうがいい。おまえは、おまえの人生を歩め。

応援してもらった気でいたが、実は、体よく神社を追い出されただけではないだろうか？　今になって思い返してみると、気の利いた別れ文句にも、厄介払いされたように
も感じる。

だんだん、そんな気がしてきた。考えれば考えるほど、そうとしか思えなくなってきた。

「……どうしよう」

そう呟《つぶや》いたときだ。二つの声が飛んできた。

「姫っ⁉　姫ではございませぬかっ⁉　お久しゅうございますっ！　もう二度と会えぬと思っておりましたぞ！」

「な、何よ。もう帰って来たの？　仕方のないかの子ですわね！」

どこからともなく、くろまるとしぐれが現れたのだった。最後に会ってから半日ちょっとしか経っていないのに、ひどく懐かしい。ふたりの顔を見て、ほっとしたせいだろう。とうとう涙をこぼしてしまった。

「しぐれっ！　姫が泣いておりますぞっ！」

「ど、ど、どうしたのよっ⁉　どこか痛いのですのっ⁉」

病気だと決めつけられそうになった。

「そうじゃないの」

蚊の鳴くような声で答えて、正直に、朔に厄介払いされた気がすると話した。彼の気

持ちが分からないとも言った。

するると、ふたりが眉根《まゆね》を寄せるような顔をした。

「若の考えていることは、我にも分かりませぬぞ」

「くろまる、あんたは何も分からないのね。よく家令を名乗れますわ」

「では、しぐれは分かるのでございますか？」

「……分からないわ」

一緒に暮らしている眷属《けんぞく》でも、見当をつけられないようだ。かの子の悩みは解決しなかった。さんにんで考え込んでいたが、五分もしないうちに、くろまるとしぐれが言い出した。

「頭を使いすぎて、お腹が空《す》きましたぞ！　姫、何か作ってくだされ！　我は菓子を所望いたしまするっ！」

「そうね。かの子がどうしてもと言うのなら、わたくしも、お菓子を食べてあげてもよろしくてよ」

「作るのはいいけど——」

「決まりでございますなっ！」

「かのこ庵に行きますわよっ！」

逆らえない勢いがあった。ふたりに引っ張られるようにして店に着いた。

「勝手に使うのは、まずいと思うんだけど」

自分は、ここを出ていった身だ。かのこ庵の所有者は朔なのだ。常識的に考えて問題があるだろう。

だが、妖《あやかし》と幽霊は常識など気にしなかった。

「黙っていれば分かりませんぞっ!」

「その通りよ。朔は、自分の部屋にこもっていますわっ!」

あたかも正論であるかのように強い口調で言われ、結局、押し切られてしまった。かの子は、およそ半日ぶりに作業場に入った。自分の家に帰ってきたように、気持ちが落ち着いた。ここで働きたい、と改めて思った。

「わたくし、外におりますわ。和菓子ができるまで、待ってやらないこともなくてよ」

「美味《おい》しいのを頼みますぞ!」

ふたりは出ていき、かの子はうさぎ饅頭《まんじゅう》を作った。祖父がよく作っていた和菓子の一つだ。

店前の縁台に運び、くろまるとしぐれの前に置いた。

「か、可愛くないこともなくてよ!」

「逸品でございますな!」

気に入ってくれたようだ。だが、お茶がなかった。うっかり忘れていた。ふたりは文句を言わないだろうけれど、和菓子にお茶は付きものだ。

「淹《い》れてくる」

そう断って、店内に戻った。慌てたせいでお盆を落として音を立ててしまったが、ちゃんと緑茶を淹れることはできた。

そのお茶をお盆に載せて、ふたたび外に出ようとしたときだ。二頭の犬の鳴き声が聞こえてきた。

「わんっ！」

「わんっ！」

天丸と地丸の声だ。おそるおそる窓の外をのぞくと、くろまるとしぐれが取り押さえられていた。

そして、朔がやって来た。

○

「事情は分かった」

朔は返事をした。かの子が帰ってくる。竹本和菓子店ではなく、かのこ庵を選んだのだ。御堂神社に住み、ここで働きたいと言っている。

お帰り、と言葉をかけようとしたとき、しぐれとくろまるが騒ぎ始めた。

「かの子が、どうしても帰って来たいそうですわよ！」

「若、めでとうございますな！」

その言葉が癇《かん》に障った。かの子を待っていたことを見透かされたと思ったのかもしれない。照れもあっただろう。柄にもなく言い返してしまった。

「ふん。帰って来なくていいものを」

言わなくても、いい言葉だった。

(まずい)

そう思ったときには、遅かった。かの子が顔を伏せた。そして、肩が小刻みに震え始めた。泣かせてしまったようだ。

どうしていいか分からなかった。困った顔さえできない自分は、さぞや嫌な男に見えるだろう。

どうしようもない鎮守の尻《しり》ぬぐいをすべく、しぐれとくろまるがフォローに入ってくれた。

「かの子、泣いてはいけませんわっ! 今のはアレよっ!? アレ! そういう意味じゃありませんわっ!」

「そうですぞ、姫っ! アレですぞっ! アレ!」

勢いだけでフォローになっていない。朔以上にうろたえていた。まさか、かの子が泣くと思っていなかったようだ。

かの子が傷ついたのは事実だ。肩を震わせて泣くほど傷つけてしまったのだから、きちんと謝るべきだろう。朔は歩み寄り、そして気づいた。

「……何のつもりだ？」

問い詰めるように、かの子に言ったのだった。

「わ、若っ⁉」

「ちょっと——」

くろまるとしぐれが慌てた。泣いているかの子を、朔が責めようとしていると思ったのだろう。

だが、違う。かの子は、泣いていなかった。声を立てないように、肩を震わせて笑っていた。

眷属ふたりも、そのことに気づいたらしく、不思議そうに顔を見合わせた。

「どういうことなのかしら？」

「はて？」

聞きたいのは、朔のほうだ。泣いていないのはよかったが、肩を震わせるほどに笑う場面とも思えない。かの子の顔は、やけにうれしそうだった。

「何がおかしい？」

「おかしいだなんて——」

打ち消そうとしているらしいが、かの子はしつこく笑っている。だんだん腹が立ってきた。

「笑っている理由を聞かせてもらおうか？」

「だって、ねこ、ねこ」

かの子は答えたが、聞いたことのない言葉だった。もちろん、意味も分からない。

「ねこご？」

「はい。ねこごだったんです」

かの子の表情は明るく、幸せそうにさえ見えた。「帰って来なくていいものを」と言われたことがうれしいのだろうか？

女心は分からないと言うけれど、ここまで不可解なものだとは思わなかった。思わず腕を組むと、眷属と式神たちが騒ぎ出した。

「若、姫！　お客どのが参りましたぞ！」

「商売でございますわ！」

「わんっ！」

「わんっ！」

神社のほうを見ると、いつかの三毛猫の姿をした妖が、かのこ庵に向かってきていた。また困ったことがあったらしく、あのときよりも、しょんぼりしている。

御堂神社には、悩み事を抱えた妖や幽霊が訪れる。彼らの力になるのが、鎮守である朔の役目だ。

大金を使ってかのこ庵を作ったのは、かの子と縁を結ぶためだけではない。落ち込んでいる妖や幽霊を元気づけるために、彼女の力が必要だと思ったからだ。

朔には〝力〟があるけれど、世の中の悩み事すべてを解決できるわけではない。力が及ばず、どうしようもないこともたくさんあった。逆恨みを受けたこともある。報われないことも多い仕事だ。鎮守じゃなかったら、今も両親と一緒に暮らしていただろう。だけど、鎮守をやめようとは思わない。どうしようもないことから目を逸《そ》らそうとも思わない。

理不尽な運命や親しい者の死に立ち向かうのは、生きている者の役目だ。ときには逃げてもいいが、生きている以上、逃げてばかりはいられない。向き合わなければならない瞬間が訪れる。

人は、がんばらなければ生きていけない。妖や幽霊だって同じだ。前を向かなければ転んでしまう。

神社も和菓子も、がんばって生きるものの手助けをする。転んだときには、起き上がれるように手を差し伸べる。朔も、手を差し伸べてもらった者の一人だ。

目の前には、朔と三毛猫を救ってくれたうさぎ饅頭がある。この和菓子には、やさしい気持ちが込められている。

杏崎玄が死んでしまった今、これを作れるのは、この世に一人しかいない。朔は、その一人に声をかけた。

「かの子、店を始めるぞ。休んでいる暇はない。一億円分、きっちり働いてもらうからな」

彼女の作る和菓子には、きっと一億円の価値がある。朔はそう信じていた。

「借金は一億円ではありませんわ。一億一千万円でしてよ」

しぐれが訂正して、かの子が「ええ……」と凹《へこ》んだ声を出した。その様子が、おかしかった。

いずれ、かの子は神社から離れていくだろう。人間相手の店に戻るかもしれないし、

それこそ秩父に修業に行くかもしれない。

この神社から離れることのできない朔と別れる日は、絶対にやって来る。住んでいる世界が違うのだから——自分は鎮守なのだから仕方のないことだ。

でも、今は一緒にいられる。もう少し、この時間が続けば、自分も笑えるようになるのかもしれない。そんなふうに思った。

参考文献

『やさしく作れる本格和菓子』清真知子　世界文化社
『ときめく和菓子図鑑』文・高橋マキ／写真・内藤貞保　山と溪谷社
『季節をつくるわたしの和菓子帳』金塚晴子　東京書籍
『図説　和菓子の歴史』青木直己　ちくま学芸文庫
『事典　和菓子の世界　増補改訂版』中山圭子　岩波書店
『美しい和菓子の図鑑』監修・青木直己　二見書房
『和菓子を愛した人たち』編著・虎屋文庫　山川出版社
『日本のたしなみ帖　和菓子』編著・『現代用語の基礎知識』編集部　自由国民社
『一日一菓』木村宗慎　新潮社
『日本百銘菓』中尾隆之　ＮＨＫ出版新書
『花のことば辞典　四季を愉しむ』監修・倉嶋厚／編著・宇田川眞人　講談社学術文庫
『和菓子　ＷＡＧＡＳＨＩ　ジャパノロジー・コレクション』藪光生　角川ソフィア文庫
『図説　江戸料理事典　新装版』松下幸子　柏書房
「別冊 Discover Japan　２０１４年１月号　ニッポンの和菓子」枻出版社
「別冊 Discover Japan　２０１５年４月号　和菓子の本」枻出版社
『幻想世界の住人たち４　日本編』多田克己　新紀元社

また、次のホームページを参考にしました。

全国和菓子協会
とらや
亀屋良長
福砂屋
文明堂
御菓子つちや
全農（全国農業協同組合連合会）Apron WEBマガジン

本書は書き下ろしです。
この作品はフィクションです。実在の人物、団体等とは一切関係ありません。

あやかし和《わ》菓《が》子《し》処《どころ》かのこ庵《あん》

嘘《うそ》つきは猫《ねこ》の始《はじ》まりです

高《たか》橋《はし》由《ゆ》太《た》

令和４年 １月25日　初版発行

発行者●青柳昌行

発行●株式会社KADOKAWA
〒102-8177　東京都千代田区富士見2-13-3
電話　0570-002-301（ナビダイヤル）

角川文庫 23013

印刷所●株式会社暁印刷
製本所●本間製本株式会社

表紙画●和田三造

●お問い合わせ
https://www.kadokawa.co.jp/（「お問い合わせ」へお進みください）
※内容によっては、お答えできない場合があります。
※サポートは日本国内のみとさせていただきます。
※Japanese text only

ISBN 978-4-04-112195-5　C0193

◇◇◇